ダッシュエックス文庫

タメロ後輩ギャルが懐いたら、さすがに可愛すぎる2

緒二葉

CONTENTS

Tameguchi
kouhaiGAL ga natuitara
sasugani
kawaisugiru

01

一章　新年もタメ口なギャル

Tameguchi
kouhaiGAL ga natuitara
sasugani
kawaisugiru

「センパイ、久しぶり！」

冬休み明けの初日。電車から降りると、相変わらず朝から元気なギャルに話しかけられた。

大庭萌仲《おおばもなか》。少し前に仲良くなった後輩だ。

きっかけは、ちょっとしたトラブルから彼女を助けたことだった。

それから、お礼と称して生徒会長の俺を手伝うようになり、いつの間にか生徒会室に入り浸るようになった。

気まぐれに助けただけなのに、なぜか俺にめちゃくちゃ懐いている。こうして、朝から俺を駅で待つくらいに。

彼女は当然のように俺の隣に並び、少しふらつけば肩がぶつかるくらいの距離感で歩きだした。

一月にもなると、さすがに冷える。萌仲は赤チェックのマフラーに顔を埋めながら、責めるように俺を横目で見た。

「初詣《はつもうで》以来、ぜんぜん会ってくれなかったじゃん。ひどいよ～」

「年と一緒に敬語の使い方忘れたか？」

「むしろ去年も使ってなくない？」

「そうだった。……いや、ちょっとは悪びれろよ」

萌仲は初対面から、ロクに敬語を使っていなかった。敬語とタメ口を混ぜて話すタイプの後輩である。意外と嫌じゃない。

「辻堂《つじどう》センパイ、ご機嫌麗《うるわ》しゅう」

「やめてくれ、ちょっとぞわっとした」

「えー、ひど。ご希望通り、清楚《せいそ》でお淑《しと》やかな後輩なのに」

「中身と対極すぎる」

あはは、と萌仲の笑い声が響く。

退屈なだけの登校時間も、肌を刺すような寒さも、誰かといるだけで気にならなくなる。

あるいは、相手が萌仲だからなのか。

「ていうか、久しぶりってほどじゃないだろ。せいぜい一週間くらいだし」

「私にとっては長かったんだよ。毎日会いたいくらいだもん」

「そうかよ」

「センパイが冷たい……照れ隠しってこと？」

「ポジティブだなぁ」

まあ、その通りだけど。

大庭萌仲という少女は、普通なら恥ずかしくて言えないようなことも、ストレートに口に出す。

言われる側としては照れくさく、どう反応したらいいか迷うばかりだ。

「センパイに会えなくて暇だったんですけど〜」

「バイトだよ。冬休みだけ短期でな。言ってあっただろ……」

「うん、知ってた」

普段は生徒会の活動がありバイトをする暇はないが、長期休みは別だ。

運動部などとは違い、長期休みの活動はあまりない。特に冬休みは完全オフだった。

内容は年賀状の仕分けや配達など。冬休みの期間だけ募集している短期バイトで、俺にとっても都合がよかった。

「はっ！」

突然、萌仲がなにかを閃《ひらめ》いたように手を叩いた。

人差し指を口元に当て、あざとく首を傾《かし》げる。

「仕事と私、どっちが大事なの？」

「仕事」

「おい〜、即答するな〜」

「言ってみたかっただけだろ……」

「人生で一回は言いたいセリフだよね」

夢が叶った、と萌仲が両腕を広げてくるくる回る。

ずいぶんとお手軽な夢だ。

こういう小さなことで喜べるのは、俺にはない感覚なので面白い。

今回に限らず、萌仲はちょっとしたことで大げさに反応してくれるので、喜ばせ甲斐《がい》がある。

「え？　お前のために稼《かせ》いでんだよって？」

「言ってねえ……」

「そっかそっか、私に奢《おご》るためにセンパイは頑張ってたんだね」

「大いなる勘違い」

「そんなに奢りたいっていうなら、私もやぶさかではないよ」

「俺の返事、微塵《みじん》も聞いてなくない？」

俺が喜ばせているというより、一人で勝手に妄想しているだけだった。

いったい誰と会話しているのだろう。萌仲はきっと、一人でも勝手に楽しんでそうだ。

「ふふっ、そんなこと言いながら、なんだかんだ付き合ってくれるセンパイ好きだよ」

「……無理やり相手させられてるだけだよ」

不意に好きとか言わないでほしい。深い意味ではないのだとわかっていても、ついあの日のことを思い出してしまう。

――センパイと付き合えますように。

元旦《がんたん》。二人で初詣に行った時……彼女がそう祈っているのが聞こえた。

風向きが違えば聞こえないくらいの、小さな声。おそらく、俺に聞かせようとしたわけではない。

俺は聞こえないフリをして、なにもなかったかのように接した。

けれど……心臓の音がやけにうるさかったのを覚えている。

萌仲から、ただの先輩後輩以上の感情を向けられていることは気づいていた。自惚《うぬぼ》れかもしれないけど、多少は親しみを持ってくれているのだと。

それは一種の好意なのだろうとはわかっていた。

でも、恋人同士になりたいとまで思っているとは、考えたこともなかったのだ。

大庭萌仲は、誰が見ても可愛《かわい》くて、綺麗《きれい》な少女だ。クラスでは浮いていたりするらしいが、それでも引く手あまただろう。

俺を選ぶ理由なんて、思いつかない。自虐《じぎゃく》ではなく、客観的な事実だ。

それでも……彼女は祈っていた。

聞こえないフリをしたくせに、勝手になにか結論を出すのも失礼だ。でも、なにも言わないのも、今後どう接したらいいのか悩む。そんなことを考えていた冬休み後半だった。

バイトで忙しかったのは本当だが、萌仲と一度も会わなかったのは、俺の中で整理がついていなかったからでもある。

まあ、こうして会ってみれば、いつものように自然に話すことができたが。

「あっ、もう学校ついいちゃう。ずっと冬休みだったらいいのになぁ」

「退学になればずっと休めるぞ」

「待って、まだその件でイジってる？」

喫煙《きつえん》の冤罪《えんざい》で退学させられそうになっていたのは、少し前の話だ。まあ、実際に学校をやめたのは濡れ衣を着せようとした側だったが。

「センパイと違ってタバコなんて吸ってません～」

「あれ？　なんで俺が吸ってること知ってんの？」

「…………え」

「冗談だよ」

ぽかんと立ち止まる萌仲を置いて、正門から学校に入る。

自分で言ったくせに、否定されると思ってたんだろうな。まあ、吸ってないけど。高いし。

フリーズが終わった萌仲が、小走りでまた俺の隣に来た。

「ま、まあセンパイが吸ってても私は全然いいけどね？　私、全部受け入れるタイプだし」

「将来、クズ男に騙《だま》されそう」

「センパイにしか騙されないから！」

じゃあ、俺はクズ男だな。

……実際、クズなのかもしれない。萌仲の気持ちを知っていながら、有耶無耶《うやむや》にして元の日常を過ごそうとしているのだから。

それでも、結論は先延ばしにしようと思う。

「じゃあ、今日も生徒会室行くね！」

「来んな」

「あはっ、センパイったらツンデレなんだから」

「本心だよ」

「残念ながら、来るなと言われても行きます～」

萌仲はニコニコ笑いながら、昇降口に向かっていった。

あいつ、いつまで生徒会室に入り浸るつもりなのだろうか。冬休み明けからは、生徒会活動も本格的に始まるというのに。

きっと萌仲のことだから、今後も手伝いたいと言うだろう。

川名《かわな》も喜ぶだろうし、人手は常に足りていない。手伝ってくれるなら、正直助かるけど。

そんなことを考えながら、上履《うわば》きに履き替え、ローファーを下駄箱《げたばこ》に入れた時だった。

「やあ、辻堂くんじゃないか。いや、生徒会長と呼ぶべきかな」

「……会長」

聞き慣れた声に、思わずそう呼んでしまう。

二年生の下駄箱の前にいるくらいだから、どうせ待ち構えていたのだろう。

「やめてくれよ。僕はもう引退した元生徒会長なんだから」

「俺の中じゃ、いつまでも会長ですよ。葛原《くずはら》先輩」

「相変わらず、思ってもないことをスラスラと言うのが得意だね」

あなたこそ、相変わらず嫌みっぽい話し方だ。……なんて、失礼なことは言わず、少し目を細めて彼を見る。

葛原大和《やまと》。先代の生徒会長である、三年生の先輩だ。

爽《さわ》やかな風貌《ふうぼう》で、すらりと背が高い。彼が壇上《だんじょう》に登れば、女子生徒から黄色い声が上がっていた。俺とは正反対だな。

俺は、昨年度は生徒会副会長だった。そのため、葛原先輩の現役《げんえき》時代はかなり関わりが深かった。

仲は、あまりよくなかったけれど。

「どう？　新体制は上手《うま》くやれてる？」

「気にかけていただいてありがとうございます。しかし、ご心配には及びませんよ」

「そうかな。君は時に人と衝突するから、先輩としては心配だよ」

そう、優しげに言う葛原先輩。

傍《はた》から見れば、後継者を心配する良い先輩だろう。彼は、俺以上に外面《そとづら》が良いから。どう振る舞えば人から良く見られるか、どうすれば信じてもらえるか、よくわかっている。

だが、俺からすれば胡散臭《うさんくさ》いだけだ。

……一種の同族嫌悪なのかもしれない。あるいは、劣等感か。

こうして優しく声をかけてくることすら、なにか裏があるのかと疑ってしまう。

「ほら、最近はちょっとした騒ぎにもなっていたし、さ」

言外に、白旗《しらはた》との一件を非難してくる。

萌仲を冤罪によって貶《おとし》めようとし、その後も執拗《しつよう》に俺や萌仲に嫌がらせをしてきた生徒指導の白旗先生。

それに対して俺は、他の体罰や不正などの証拠と合わせて白日《はくじつ》の下に晒《さら》し、白旗を退職に追い込んだのだ。そのために、生徒会長としての権力も多少は使った。

俺と白旗が揉《も》めたこと、そして新聞を配布するという手段で対抗したこと。それらは、少し調べれば誰でもわかること。

前生徒会長である葛原先輩の耳にも届き、俺に忠告しに来たのだろうか。

「君はもっと利口な子だと思っていたんだけどね」

「本当に思っていたなら、人を見る目がないですね」

「本当さ。わざわざ騒ぎが大きくなる方法を選ぶなんて、君らしくない」

「……自分でも理解してますよ」

ああ、バカなことをしたと思っている。後悔《こうかい》も反省もしている。

だが、あれしか方法がなかった。それは今思い返しても間違いないし、もう一度繰り返したとしても、俺は同じ選択をするだろう。

「先輩らしくないですね、俺を心配するなんて」

「君を生徒会長にしたのは失敗だったかも、なんて思いたくないからね」

そもそも、葛原先輩は口にこそ出さないものの、俺の生徒会長就任に反対の立場だったはずだ。

彼の現役時代、俺と対立することがしばしばあった。葛原先輩はカリスマ性があり、合理や論理を越えて強引に進めていくタイプだったからだ。効率を優先する俺とは、馬が合わないのも仕方のないこと。

だから、彼から好かれていないことは明白だった。

「先輩は受験に集中してくださいよ。今は俺が生徒会長なんですから」

突き放すように言って、彼の横を通り過ぎる。

なにを言おうと、葛原先輩は引退した身だ。もうすぐ卒業する彼に、なにを言われようと関係ない。

俺だって、自分が生徒会長に向いているなんて思っちゃいない。あくまで自分のために、任期を全《まっと》うできればそれでいい。もとより、生徒会長に大した権力も決定権もないんだから。

「僕は気持ちよく卒業したいだけさ」

「送辞は気合い入れて作りますね」

卒業式は三月上旬《じょうじゅん》。

そこで俺と葛原先輩……生徒会長と前生徒会長によって、送辞と答辞が読まれる。

彼との付き合いは、それで終わりだ。

「読むのは君以外がいいな」

なんて嫌みを聞き流しながら、俺は教室に向かった。

02

二章　生徒会役員たち

Tameguchi
kouhaiGAL ga natuitara
sasugani
kawaisugiru

「会長、明けましておめでとうございます」

放課後。生徒会室の鍵《かぎ》を開けていると、横から声をかけられた。

「おう、あけおめ」

扉を押して、二人で生徒会室に入る。

川名茉莉《かわなまつり》。生徒会会計の一年生だ。

萌仲《もなか》とは同じクラスであり、学年一位の秀才。俺が直々に勧誘して会計になってもらったのだが、なかなか頷《うなず》いてくれなくて苦労したなぁ。

想像以上に優秀で、さらには絵のセンスもある。今では、生徒会にいなくてはならない人材だ。有能すぎて、たぶん俺いらない。

長机にリュックを置く川名を見て、少し引っかかることがあった。

「……なんでマフラーしてんの？」

「……っ」

川名はびくりと肩を震わせて、両手で首に巻いたマフラーを握った。俺がクリスマスプレゼントとしてあげた、青チェックのマフラーだ。

教室から生徒会室に来るのに、階は違うものの、外には出ない。たしかに廊下《ろうか》は多少冷えるけど、そこまで防寒はいらないはずだ。

俺だって、コートは手にかけたまま持ってきた。

「さ、寒かっただけです」

「そうか……？　寒がりなんだな」

川名が慌ててマフラーを外す。丁寧《ていねい》に折りたたんで、リュックの中に入れた。

「そうです。廊下にも暖房を導入してください」

「予算があればなぁ……」

まあ、無理だろう。生徒会として陳情《ちんじょう》することくらいはできるかもしれないが、まず通らない。

そもそも、必要性もあまり感じないし。

「まあ、使ってくれてるみたいで嬉しいよ」

「たまたま需要《じゅよう》に合致しただけです」

「つまり俺のチョイスが完璧《かんぺき》ってことだな。さすが俺、女心をわかってるぜ」

「定番のプレゼントでドヤ顔しないでください」

そう言われると弱い。『クリスマスプレゼント　おすすめ』とかで検索したし……。

とはいえ、萌仲も使ってくれていたし、悩んだ甲斐《かい》があったというもの。

特に、川名には嫌がられないか不安だったし。

「すまん……」

「あっ」

そもそも、プレゼントした側がいつまでも恩着せがましい態度を取るのはダサすぎる。

反省しながら謝ると、川名が焦ったように目を泳がせる。

「いや、あの、でもマフラーなのは助かりました。ちょうど欲しかったので、嬉しかったですよ……？」

「それは良かった」

「はい、さすが会長です」

「川名……！」

言い過ぎたとでも思ったのか、川名がすごいフォローしてくれる。

全然気にしてなかったけど、褒《ほ》められるのは気持ちがいいので素直に受け取る。慌てる川名も面白いし。

「うわ、センパイがまつりんに接待されて喜んでる」

自然と萌仲が生徒会室に入ってきた。

会って早々、失礼なことを言ってくる。

「人聞きの悪いことを言わないように。まるで俺が、後輩にちやほやされたい男みたいじゃないか」

「実際そうじゃん」

うん、ちやほやされたい。

だって生徒会長になっても、誰も持て囃《はや》してくれないから……。いや、そんなことのために役職に就《つ》いたわけではないけど。

「まつりん、あけおめ～」

「明けましておめでとうございます。萌仲さん」

「冬休み会えなくて寂しかったよ～」

「帰省《きせい》と予備校があったので……。で、でも、私も会いたかったです」

「まつりん……！」

川名が言いながら、頬《ほお》を染めている。俺の前では見せない表情だ。

あれ……？　二人とも俺の時より嬉しそうだな？

なんとなく疎外《そがい》感を覚えながら、二人のやり取りを眺める。

最初の関係性からは、想像できなかった光景だ。

大庭《おおば》萌仲と川名茉莉。二人は同じクラスだが、ほとんど関わりがなかったらしい。川名に至っては、むしろ萌仲を嫌っていた。それは偏見も含んだものだったが、概《おおむ》ね正当な評価だった。

萌仲はまあ見た目通りギャルだし、真面目《まじめ》な川名からしたら受け入れられない存在だろう。

そのため、生徒会室に部外者である萌仲が入り浸っていることに反発したのだ。

だが、互いに歩み寄ったことで、今では友達と言えるくらい仲良くなっている。

大切な後輩同士は仲良くしてほしかったので、俺としても嬉しい。

「萌仲さん、また会長がニヤつきながら私たちを見ています」

「たいへんだ。センパイは後輩女子を眺めるのが趣味だからね」

「そうです。そのために生徒会長になったらしいですよ」

「え、うそ。最低じゃん」

萌仲と川名が身を寄せ合い、こそこそと勝手なことを言っている。

「その噂《うわさ》、ぜったい広めないでくれよ……？」

俺が社会的に死ぬ。断じてそんなことはないが、微妙に真実っぽいのがタチが悪い。

少なくとも、今の光景を見られたら否定しても信じてもらえなそう。

「お二人は初詣《はつもうで》に行ったんですよね？」

「行ったよ！　まつりんの分までお願いしたから！」

「なにを願ったんですか？」

「えっと、それは……」

萌仲が言い淀《よど》んで、ちらりと俺を見た。

その内容を知っている俺は、ポーカーフェイスでとぼける。

実は聞こえていたなんて、気まずくて言えない。

「……どうせ、食べ物のこととかだろ」

「そうそう！　美味《おい》しいものたくさん食べられますようにって！　神様の力なら、食べても太らないもんね」

「都合のいいお願いだな」

そんな祈りに川名を巻き込むな。

でも、川名は小柄だからもっと食べたほうがいいかもしれない。……いや、これはセクハラだな。口に出すのはやめておこう。

「それはとても素敵な願いですね」

萌仲の雑な誤魔化《ごまか》しに、川名は素直に笑う。

「でしょー？　今度一緒にご飯行こうよ。センパイの奢《おご》りで！」

「はい、ぜひ。でも萌仲さんと二人がいいです」

「じゃあお金だけもらお」

「それがいいですね」

ハブられた上に、金は取られるらしい。バイト代がなくなる日は近そうだな……。

俺をダシにして後輩同士が仲良くなれるなら、俺はいくらでもイジられ役になろう。……生徒会長ってなんだっけ。

とはいえ、冬休み明けもこうして楽しい日常が続いてくれることに、少しだけ安堵《あんど》する。別に終わるなんて思っていなかったけど、世の中なにがあるかわからないからな。

「そういえば」

萌仲と談笑していた川名が、思い出したようにこちらを見る。

「そろそろ、執行部も本格的に始まるのでは？」

「ああ。新年度が始まれば大忙しだし、卒業式や生徒総会もあるからな。例年、この時期から始める」

大した行事もない年末とは違い、年始からはやることがたくさんある。

俺一人ではとても回らない。

「他の役員も呼んでおいたし、もうすぐ来るんじゃないか？」

そう言って、生徒会室の扉に視線を向ける。

その時だった。

「おつかれさま～」

「おつっす！」

ちょうど扉が開き、二人の生徒が入ってきた。

生徒会副会長と生徒会書記……残りの生徒会役員だ。

「いやあ、遅れてごめんね？　部活に顔出してから来たからさ」

「問題ない。軽音部と両立してくれて助かるよ」

「生徒会にも、なるべく来られるように頑張るね」

両手を合わせながらウインクするのは、生徒会副会長の片瀬山《かたせやま》るい。

彼女は自然と俺の隣に座り、足を組んだ。

ウェーブのかかった黒髪が特徴的で、話し方もどこかふわふわしている。緩《ゆる》い雰囲気《ふんいき》だが、生徒会副会長と軽音部部長を兼任するやり手だ。

片瀬山は俺と同じ二年生で、去年から一緒に生徒会役員として活動してきた。クラスこそ一緒になったことはないが、互いにそれなりに気を許している。

「やっぱり生徒会室は落ち着くねぇ。正近《まさちか》もいるし」

「どういう意味だ……」

「なにが起きても対処してくれそうじゃない？　ナイフ持った暴漢が来ても大丈夫だね」

「それはさすがに無理だな！」

妄想の中ですら負けるイメージしか湧かない。いや、そもそも立ち向かうことすらできない。運動は苦手ではないが、武術の心得なんてないからな。

暴漢と戦うなら、ここにいるもう一人の男のほうが向いている。

「わかるっす！　正近くんの安心感やばいっすよね！」

親指を立てて同意するのは、立石隼人《たていしはやと》。生徒会書記の一年生だ。俺の可愛《かわい》い後輩の一人である。

背がすらりと高く、髪はロン毛だ。前髪とともに、後ろで一つに結わえている。

まさにザ・男の後輩という感じで、ノリが軽く過剰《かじょう》にへりくだるのが面白い。ちなみに、彼も片瀬山と同じ軽音部だ。

「俺、正近くんがいるから生徒会入ったみたいなとこありますもん」

「嘘つけ。前に片瀬山が美人だから入ったたって言ってただろ、隼人」

「ちょ、言わないでくださいよ！」

片瀬山と隼人は、生徒会役員と軽音部の両方で先輩後輩ということだ。片瀬山が勧誘してきたのだが、軽薄そうな話し方とは裏腹に真面目《まじめ》な男らしい。

俺の言葉に、片瀬山がくすくす笑う。

「ごめんね？　私、年上が好きなの」

「正近くんのせいで告ってもないのにフラレたんすけど!?」

まるで俺が秘密を漏《も》らしたみたいな言い草だが、片瀬山の前でも事あるごとに自分で言っているので、問題ない。

このやり取りも数度目だ。もはや伝統芸になっている。

「ところで……」

隼人が、目を細めて萌仲を見る。

川名に後ろから腕を回した体勢で、借りてきた猫のように大人しくしていた萌仲は、その視線にびくりとする。

片瀬山と隼人が入ってきてから、ずっと黙っていた。

「萌仲ちゃんっすよね？」

「う、うん……」

隼人の確認に、萌仲がためらいながら頷《うなず》く。

生徒会役員が勢揃いしたこの場において、萌仲は完全に部外者だ。彼女自身もそれを理解しているから、排除されるのかと不安に思っているのだろう。

川名もまた、不安そうに隼人を見ている。

片瀬山も隼人も、萌仲がいることに最初から気づいていただろうに、ここまで触れなかった。それがまた不穏だ。まるで、意図的に無視していたような……。

「あのな、こいつは……」

重苦しい空気に耐えかねて、俺は口を挟んだ。

しかし、俺が言い終える前に隼人が、なぜか胸を押さえてうずくまった。

「うっ」

「え、ど、どうしたの？　えっと、隼人くん？」

「嬉しい……っ。あの大庭萌仲ちゃんがこんなに近くにいるなんて……！」

予想外の言葉に、隼人以外の全員が固まる。

てっきり生徒会室にいることを非難するのかと思ったが……なんだって？

「……隼人、萌仲のこと知ってるのか？」

「もちろんっすよ！　クラスは違うけど、こんな可愛い子、俺が知らないわけないじゃないっすか！」

「そ、そうだよな」

俺の問いに被《かぶ》せるように返された。あまりに当たり前のことのように言うから、なぜか頷いてしまった。

「か、かわいい……」

「あれ？　私一筋なんじゃなかったの？」

不意の褒《ほ》め言葉に照れる萌仲と、イタズラっぽく笑う片瀬山。

「や、もちろん本命はるい先輩っすけどね？」

「ふーん。でも私にフラレたらって別の子に行くってことだ」

「まさか！　これからも一筋っすよ！」

慌てて弁明する隼人。

これ、片瀬山はからかってるだけだな……。悪女に振り回されて可哀《かわい》そうに……。

まあ隼人もわかっていてノッているのだろうし、どこまで本気かわからないけど。

「最低……」

隼人の軽すぎる発言に、川名がドン引きしている。

「当然、茉莉ちゃんも可愛いっす」

「立石さんに可愛いと言われても嬉しくないです」

隼人よ……川名に迫るのは無謀《むぼう》だと思うぞ……。

かくいう俺も、川名にはさんざん冷たくされているけど。

「ふーん、女の子なら誰でもいいんだね」

「るい先輩!?　そんなわけないじゃないっすか～」

「実はちょっと隼人のこといいなって思ってたのに」

「そうだったんですか!?」

「でもやっぱり嫌いになっちゃったなぁ」

「そんな……」

ガーン、と隼人が崩れ落ちた。

騒々しい奴だな……。意外と、萌仲と気が合うかもしれない。

ひとしきり隼人をからかったあと、片瀬山の視線も萌仲に向く。

「正近から聞いてるよ。手伝ってくれてありがとね？」

「はい！　いえ、すみません！」

「ふふっ、変な反応」

片瀬山の圧倒的お姉さん感に、萌仲はガチガチに緊張している。

さすがに同性の先輩には敬語を使うらしい。もしくは、相手が片瀬山だからか。

……俺に威厳がなさすぎるってことではないよね？

「役員でもないのにすごいね。全然来れてなかったから申し訳なくなっちゃうなぁ」

片瀬山は萌仲に優しく声をかけているように見える。

しかし、内心はどう思っているのだろう。女性同士の会話というのは、本心が見えなくて困る。片瀬山の場合はさらに。

「ううん、むしろ、私は邪魔ばっかりしてたっていうか……」

「おっ、ついに自分が邪魔だったと認めたか」

「センパイがどうしてもいてほしいっていうから仕方なく！」

「言った覚えがねえな……」

萌仲もまた、片瀬山の前で慎重に言葉を選んでいるように感じる。

こういう空気、怖いからやめてほしいんだけど……。ほら、隼人も静かになっちゃったじゃん。

「萌仲さんは結構役に立っていましたよ、副会長」

萌仲に後ろから抱きしめられている体勢の川名が、庇《かば》うようにぼそりと言う。

最初は萌仲を邪険にしていた彼女も、ずいぶん萌仲のことを認めたようだ。

「別に疑ってないよ～」

「そうですか」

「うん。川名ちゃんが言うなら、さらに間違いないね」

年明けから全員に集合してもらったが、険悪な空気にはなっていないようで一安心だ。

生徒会副会長の片瀬山と、生徒会書記の隼人。二人はこれから、役員として様々な行事に協力してもらうことになる。

年明けから揉《も》めたくはなかったからな……。

一人ほっとしていると、片瀬山が目を細めて俺を見た。

「正近」

「……なんだ？」

「このまま、この子を雑用として使うつもりじゃないよね？」

憤《いきどお》りの込められた言葉。その怒りは、俺に向けられている。

ほっとするのは早かったかもしれない。

川名が以前、萌仲を糾弾《きゅうだん》したように……片瀬山もまた、萌仲がここにいることを快《こころよ》く思っていないのか。

その気持ちもわかる。

生徒会役員は、信任投票だけとはいえ、選挙で選ばれた役員だ。その立場に責任と誇りを持っている。

対して、萌仲は役員ではない。その立場の差は明確だ。

「必要に応じて、そのつもりだ」

俺は片瀬山を真っ直ぐ目を合わせて、そう返す。

萌仲と川名が、口をきゅっと結んで成り行きを見守っている。

「片瀬山は不満か？」

「……なにか勘違いしてない？」

片瀬山がふっと頬《ほお》を綻《ほころ》ばせる。

「私は、萌仲ちゃん？　を追い出せなんて言ってるわけじゃないよ」

「そうなのか？」

「ちょっと〜、私を性悪女《しょうわるおんな》だと思ってる？」

冗談めかして言ったかと思うと、すぐに表情を変えて俺を睨《にら》んだ。

「私が怒ってるのは、正近に対してなんだからね」

「俺？」

「あー、自覚なし？」

「なんの話だ……」

「私たち生徒会役員がめんどくさい仕事をするのは、役員だからでしょ？」

まるで同じことを繰り返す言葉遊びみたいな表現だが、言いたいことはわかった。

「正近が一番言っていたことだよね。生徒会役員には責任と仕事がある代わりに、内申《ないしん》や地位という利益がある。……萌仲ちゃんには、仕事だけ負わせるつもりなの？」

「……あ」

片瀬山に諭《さと》されて、ようやく自覚した。

彼女の言う通り、俺自身が主張していたことだ。生徒会長という面倒なだけの役職にいるのは、推薦《すいせん》で大学に行くため……。周囲からの評価と、ちょっとした特権のために過ぎないのだと。

利益がないのに、生徒会役員なんてやるもんじゃない。……と断言してしまうと、志《こころざし》を持っているどこかの生徒会役員に怒られるかもしれないけど。

少なくとも、俺はそういう考えだった。

だからこそ、萌仲に頼むのはちょっとした雑用や、クリスマスイベントなど生徒会行事に直接関係ないものに留めていた。

「私は大丈夫だよ。……ですよ！」

「そういうわけにはいかないと思うんだよねえ。ね、正近？　いつまで萌仲ちゃんの厚意に甘えるつもりなのかな？」

「私がやりたくてやってるだけだから！」

萌仲が食い下がるも、片瀬山が責めているのはあくまで俺だ。

俺は萌仲がやりたがっているからと、散々手伝ってもらって、さらには今後も頼もうとしていた。

萌仲が生徒会室にいるのが当たり前になりすぎて、まったく気が付かなかったのだ。情けない。

「そうだな……。これは反省しないといけない」

「でしょ？」

片瀬山るいは生徒会副会長で、役職としては俺の下についている。しかし、それは彼女が部活と両立しているからだ。

現に、前生徒会長である葛原《くずはら》先輩は、片瀬山を生徒会長に推していた。

俺が生徒会長になったのは、自分で希望したことと、片瀬山が辞退したのが理由だ。

実際の能力で言えば……俺よりも、片瀬山のほうが生徒会長に向いていたと思う。自分を必要以上に下げるつもりはないが、そのくらい、彼女には信頼を置いている。

こうして、忠告してくれるのもありがたい。

「私、ここにいちゃだめってこと？」

萌仲が泣きそうな顔で、俺と片瀬山を交互に見る。

元々、萌仲が生徒会室に出入りしていること自体、おかしなことだったのだ。彼女との時間は心地好いものだったのは間違いないけど、いつまでもこのまま、というわけにはいかない。

これから、どんどん忙しくなっていくのだ。

片瀬山の言う通りである。生徒会行事運営には、役員と各委員会で臨《のぞ》むべきである。

隼人も微妙な顔をしている。

「んー、まあ、行事以外の時ならいいんじゃないっすかね」

「私は……萌仲さんにいてほしいです」

隼人と川名という後輩コンビが、控えめに主張する。

先輩同士の言い合いに口を挟めるなんて偉いぞ！

「今、正近と話してるから」

「はい」

片瀬山先輩怖い……。

特に川名は片瀬山を苦手としている節があるので、すっかり萎縮《いしゅく》してしまった。

女性の先輩ってほんと怖いよな。特に女同士だと。

「悪いな、二人とも。……萌仲も。俺がちゃんと考えてなかったんだ」

萌仲が勝手に来ているだけなのだと、言い訳をしていた。

でも、今後生徒会の行事が本格的に始まり、それでも手伝うというなら、理由が必要だ。片瀬山の言う通りである。

……一つ、思いついたことがある。

皆が納得してくれるかは、わからないけど。

「……萌仲に庶務《しょむ》になってもらうっていうのはどうだ？」

俺が提案すると、萌仲と隼人が揃って「しょむ？」と首を傾《かし》げた。息ぴったりだな。

対照的に、川名は理解できたのか、ぱっと目を見開いた。

俺は皆の反応を見ながら、言葉を続ける。

「生徒会役員は、選挙で決まる。だが、例外も生徒会規約に書かれているんだ」

生徒会長として、生徒会規約は熟読している。

さすがに何条何項とか覚えているわけではないが、内容は概《おおむ》ね把握《はあく》しているつもりだ。

その中に、生徒会役員についても記されている。

「生徒会庶務は、生徒会長の権限で任意に任命できる」

そこまで説明したところで、萌仲と隼人も理解できたようだ。

萌仲の顔が明るくなる。

「正近の権限で、萌仲ちゃんを生徒会役員にしちゃおうって？」

「もちろん、俺の独断でするつもりはない。ここにいる皆の了承は必要だと思う」

規約上は俺一人の権限で大丈夫だが、禍根《かこん》を残すつもりはない。

誰か一人でも反対すれば、このアイデアは実行しない。

「私は賛成です」

真っ先に手を上げたのは、川名だ。

「まつりん……！」

萌仲が感動したように、川名にさらにくっつく。

川名もまんざらでもなさそうだ。

「まあ、反対するほどじゃないっすけど……」

対して、隼人の反応は微妙だ。

「必要あるっすかね？　それって書かれているだけでほとんど使われない規約だし」

「たしかに形骸化《けいがいか》しているが、規約にある以上、使用しても問題ない」

「そうっすけど、正近くんの私欲感があるっていうか」

私欲。たしかにそれは否定できない。

萌仲に今後も生徒会にいてほしい。それが俺の気持ちだし、それが先行して、方法を後から探したのは事実だ。

「まあ、俺も美少女が増えるのは大賛成っすけどね！」

隼人は親指を立てて、萌仲にサムズアップ。

「隼人くんありがとう！」

「え、笑顔が眩《まぶ》しい……！　正近くんを見て落ち着こう」

「私も見る～」

相性いいなこの二人……。

萌仲がクラスで孤立していた、というイメージが相変わらず湧かない。彼女が言うには、偏見を恐れて自分から一人になっていただけ。素を出せばこうして仲良くもなれるのだ。

俺は最後の一人、片瀬山を見る。

「片瀬山はどうだ？」

「……反対したら、私が悪者じゃん。萌仲ちゃんに立場を与えるというなら、反対する理由はないよ」

片瀬山が頷《うなず》いたことに、ほっとする。

しかし、片瀬山はまだなにかあるのか、萌仲を見た。

「萌仲ちゃんも、庶務になりたい？」

「なりたいです！　私、庶務になるために生まれてきたまである！」

萌仲が意味不明な言葉とともに即答する。

「そう。でも、庶務は難しいからな～。萌仲ちゃんにできる？」

「えっ、やっぱり反対な感じ……ですか？」

「ん～、簡単に役員にするわけにはいかないって感じかな」

片瀬山がいたずらっぽく笑って、人差し指を立てた。

「じゃあ、試験しよっか。萌仲ちゃんが生徒会役員に相応《ふさわ》しいかどうか、ね」

03

三章　生徒会会計　川名茉莉

Tameguchi
kouhaiGAL ga natuitara
sasugani
kawaisugiru

「センパイ、どうしよう……！」

生徒会役員が一堂に会《かい》した翌日の放課後。

生徒会室前で俺を引き止めた萌仲《もなか》が、不安そうに目を潤ませた。

彼女が心配しているのは、昨日、生徒会副会長の片瀬山《かたせやま》るいがした提案だ。

『題して、生徒会試験！　卒業式までに、全ての試験をクリアしてね』

そう提案して即席で作成したのは、一枚の試験表だった。

今も、萌仲が震える手で持っている。

書かれているのは、萌仲が回るべき人物の名前だ。

生徒会長、辻堂正近《つじどうまさちか》。

副会長、片瀬山るい。

会計、川名茉莉《かわなまつり》。

書記、立石隼人《たていしはやと》。

生徒会顧問《こもん》、鵠沼《くげぬま》先生。

そして……前生徒会長、葛原大和《くずはらやまと》。

この六人が出す試験をクリアすること。それが、萌仲の庶務《しょむ》就任の条件だった。

それぞれなにかしら試験をして、萌仲の能力を確かめるのだという。今頃、鵠沼先生や葛原先輩にも、内容は伝わっているだろう。

ちなみに、全ての試験に俺が監督として同行するらしい。

「あ～、まあ、頑張れ」

「なんか軽くない⁉」

「言っとくけど、俺も試験官だからな？」

「センパイは合格のサインしてくれるでしょ？」

まあ、そもそも俺から言い出したことだし……。

とはいえ、なにも試験をしないわけにはいかない。まだ思いついていないので、俺のサインは保留しているのだ。

問題は、片瀬山と葛原先輩だ。

すんなり認めてくれるとは、到底思えない。

「正直、生徒会選挙より難しいな」

「がーん」

「いっそ、俺の手で引導《いんどう》を渡すのもありだな」

「いらない優しさ！」

生徒会選挙なんて信任投票だけだから、ただの流れ作業だ。信任投票は三分の二の信任を得られればいい。

無駄に反対する生徒はほとんどいないので、実質、立候補しただけで当選が確定する。

それに比べて萌仲に課された試験は、一人でも反対したら終わりだ。その瞬間、生徒会役員にはなれない。

「ま、まあ生徒会役員になれなくても、別に死ぬわけじゃないからな」

「味方だと思ってたセンパイが真っ先に諦めてる!?」

「気楽にやれよって意味だよ、たぶん」

「お～？　私が合格するなんてまったく思ってないな～？」

萌仲が拳をぐりぐりと、俺の肩に押し込む。

まあ、片瀬山も意地悪で言っているわけじゃないはずだし、葛原先輩も、きちんと見定めてくれるはずだ。

葛原先輩のこともそういう意味では信用している。

しかし……なぜ試験官に前生徒会長まで含めたのだろう。

そこだけが、納得のいかない部分だ。昨日、それを片瀬山に伝えたら「これは譲《ゆず》れない」と返された。

俺と違い、片瀬山は葛原先輩と仲良くしていた。

彼女にとっては、今でも生徒会長といえば葛原先輩なのかもしれないな。

「……余計なことしたか？」

「うん？」

「別に、萌仲は庶務になりたいなんて言ってなかったのに、俺が勝手に言い出したからさ。あの場でなりたくないなんて言えないだろうし」

「……たしかに最初はびっくりしたけど、なりたいのは本当だよ」

萌仲を庶務にしようと言ったのは、俺の勝手な思いつきだ。

片瀬山に萌仲を利用しているのではないかと詰められ、それで思いついたことだった。

当然、萌仲を雑用に使うために役員にしたいわけではない。

俺は萌仲のいる生徒会執行部を作りたかったのだ。他の役員はもちろん、萌仲にもいてほしかった。

ここまで手伝ってもらったのに、本格的に活動が始まるからと彼女を外すのは、違う気がしたのだ。

「生徒会役員になろうなんて思ったことなかったけど、センパイと出会って、ちょっとだけ手伝って……誰かのために働くのっていいなって思ったもん。一人でただ生きてただけの今までより、ぜったいいい」

「なら、提案してよかった」

「それに、センパイともっと仲良くなれそうだし？　これが一番の理由かも」

「はいはい」

「だから見ててよ。本気で、ぜったい庶務になってみせるから。センパイと一緒にいるためにね」

「……それなら、早く生徒会室に入れよ」

「うう～、だってぇ」

生徒会室で待っているのは、川名だ。

順番に試験を行うとのことで、トップバッターには川名が名乗りを上げたのだ。

「ほら、行くぞ」

「う、うん」

俺が開けた扉に、萌仲が恐る恐る入っていく。

「お、お邪魔しまーす」

いつもは堂々と入るくせに、今日はずいぶんと控えめだ。

本を読んでいた川名が、顔を上げる。

「扉の前で長々話さないでください、会長」

「俺のせいかよ」

防音性のかけらもない扉なので、俺たちの会話は川名にはっきりと聞こえていただろう。

まあ、萌仲が弱音を吐いていただけだから、聞かれても困ることはない。

むしろ、川名にも聞いてもらったほうがいいくらいだ。

「まつりん、サインちょーだいっ」

萌仲が駆け寄って、試験表を広げた。がばっと頭を下げながら、試験表を川名に差し出す。

川名と萌仲は、だいぶ仲良くなった。川名は人と距離を詰めるのが得意ではないから、もしかしたら萌仲が一番の友達かもしれない。

だから、萌仲の生徒会入りも真っ先に賛成した。

でも……今日の川名は試験官だ。

「それは、試験を突破したら、ですね」

「だよね……」

川名は手のひらで、ぐいと試験表を押し返した。

「私も、萌仲さんには生徒会に入ってほしいと思っています。でも、それとこれとは話が別です」

川名はにっこりと笑う。笑顔が逆に怖い。

「私、試験と名につくものには厳しいんです」

「まつりんが怖い……」

「当たり前です。萌仲さんが相手でも、容赦《ようしゃ》しませんから」

「ちょっと手加減してくれると嬉しいな〜、なんて」

萌仲がなよなよしながら、川名にすがりつく。

「やるからには真面目《まじめ》にやりますよ」

「む～……わかった」

萌仲は、姿勢を正して頷《うなず》く。

川名がきょとんとして、目を瞬かせる。

「いきなり真面目になるんですね……？」

「私、本気で庶務になりたいからね！　センパイとも約束したし」

萌仲がちらっと俺を見て、ウインクする。

「だから、よろしくお願いします！」

萌仲は再び川名を見て、勢いよく頭を下げた。

「……それなら私も、手加減しません」

「えっ」

「私、萌仲さんならできるって信じてますから」

川名はツンとして、そっぽを向きながら言った。

「まつりん～！」

「こら、試験官に抱きつくのは禁止です！」

「私、頑張るから！」

萌仲が川名といちゃついているのを横目で見ながら、俺は会長席につく。

どんな試験内容かは知らないけど、この様子なら大丈夫そうだ。

川名に任せて、俺は自分の仕事をすることにしよう。

なんて思っていたら、川名の視線が俺に向いた。

「なに休んでいるんですか、会長」

「ん？」

「会長にも協力してもらいますよ。会長が言い出したことなんですから」

「えっ、でも川名の試験だろ？」

むしろ、俺が協力したらダメなんじゃ……。萌仲一人で試験を受けるものだと思っていたんだけど。

川名は俺の問いには答えず、萌仲に紙を一枚渡しながら、立ち上がった。

「私の試験内容を発表します」

「はい！」

「試験内容は……生徒会新聞の作成です！　これ、見本です」

生徒会新聞。名前の通り、生徒会から発行する新聞だ。

だいたい月に一回、掲示板と各クラスに張り出している。

わざわざ読まない人が大半かもしれないが、広報活動の一環として行っているのだ。

生徒会に関することだったり、結果を残した部活動を取り上げたり、行事について周知したりと、内容は様々だ。

「萌仲さん一人で、私が納得する新聞を作ってください」

「わかりました！」

萌仲は元気に返事してるけど、結構難しい課題だぞ……。

なにせ、川名はレイアウトに拘《こだわ》りがある。さらに内容もしっかりと精査するだろう。

新聞作りは意外と難しくて、内容はさることながら、読みやすく、人の目を惹《ひ》くレイアウトにする必要がある。

川名を納得させる新聞……俺でも、すぐ作れるかどうか。

「ちなみに、内容は生徒会長特集です」

「えっ」

予想だにしない言葉に、俺はすっとんきょうな声を上げてしまった。

「会長について、全生徒にわかってもらうのです」

「ほほう」

「できますね？」

「超得意分野かも！」

ああ、俺も協力するってそういうことね……。

俺を特集した新聞が校内に貼られるって、めちゃくちゃ恥ずかしいんだけど。

「あの、川名さん……別のテーマでも」

「決定事項です」

「あ、はい。承知しました」

にべもなく断られ、思わず敬語になってしまった。

川名がそう決めたなら、俺にはどうすることもできないな……。諦めよう。

うん、時には諦めも肝心《かんじん》である。俺はすぐ諦めるタイプなのだ。

「これから生徒会行事が始まるにあたり、やはり生徒会長の認知度は重要ですからね」

「わかる！　センパイを人気にしないと！」

「そうです。ただし、ありのまま書くと変人であることがバレてしまうので、少し脚色しましょう」

「了解！　爽《さわ》やかなセンパイを目指すね」

二人の間でどんどん話が進んでいる。

もともと俺は爽やか生徒会長なんだけどなぁ。

萌仲がメモ帳を取り出して、俺の前に立った。

「じゃあ、取材させて？」

萌仲の後ろから、川名が圧をかけてくる。

ああ、拒否権はない感じね。

「わかったよ」

「じゃあじゃあ、好きなタイプは？」

「お前それ、生徒会新聞に載せるつもりか？」

「ふむふむ。年下が好き、と」

「捏造《ねつぞう》記事だ！」

「えーっ、しかも校内に好きな人がいるの〜？　これは大スクープだね」

「捏造ゴシップ記事だ……」

そんな記事が出回ったら、恥ずかしくて廊下《ろうか》を歩けない。

ペンは剣より強いのである。

記事や情報というのは、正確に扱わないといけない。

「と、冗談はこの辺にして」

「冗談でよかったよ」

危うく、俺の変な噂《うわさ》が広まるところだった。

萌仲は口の横に手を当てて、前かがみになった。俺の耳元で、小さく囁《ささや》く。

「真実でも書いちゃダメなこともあるもんね？」

「真実じゃないんだけど」

「えー、私は真実のほうが嬉しいけど……。間違いなの？」

ずるい聞き方だ。

彼女の気持ちを知っているから、余計に答えづらい。

「……ノーコメントで」

「ふふっ、いーよ。それでも」

萌仲がニヤニヤしながら、身体《からだ》を起こした。

こいつ……試験にかこつけて、俺をイジってやがる。

「大丈夫。新聞はちゃんと作るよ」

「まあ、それが試験だからな」

「うん。試験っていうのもあるけど……」

萌仲が腕を後ろに回して、歯を見せて笑った。


「センパイの良いところ、みんなに知ってもらいたいんだもん」


後ろで、川名がくすりと笑って頷く。

川名が考えたお題に、そんな意味が含まれていたとは……。

あまりの感動に、思わず立ち上がって両手を広げる。

「二人とも、そんなに俺を慕《した》っていたのか！　よし、ならいくらでも協力しよう！　良い記事ができたら、街の図書館に寄贈してもいいな！」

やれやれ、目立つのは嫌いなんだけど。

二人がそこまで俺を目立たせたいなら、仕方ないな！

「すぐ調子に乗る、っと」

「承認欲求の塊《かたまり》、という文面も追加しておいてください」

「うんうん。とてもチョロいのでなにか頼む時はおだてるといい、とも書いとくね」

あれ？　思っていた反応と違う？

てっきり「きゃー、私たち、一生ついていきます！」みたいな言葉を期待してたんだけど。

「ごほん。まあ、好きに書いてくれ。これも生徒会長の責務だ」

「今さらカッコつけても遅いよ、センパイ」

「取り繕《つくろ》うくらいさせて？」

「あははっ」

萌仲が足をバタバタさせながら、手を叩く。

よかった。だいぶ肩の力が抜けたようだ。

あまり気負いすぎるのも、失敗の原因だからな。不安そうにしているのも、本気になりすぎるのも、よくない。

今くらいリラックスしているほうが、良い結果を生むだろう。

「じゃあ、さっそく書くね」

これなら安心だ、と思っていたのだが……。

六時目前になって完成した新聞を、川名が一瞥《いちべつ》して言った。

「ボツです」

僅《わず》か二十秒ほどの判断だった。

「えっ、もう読んだの？」

「はい。掲示できるレベルではないです」

川名は厳しい口調で、そう評価する。

俺は内容を読んでいない。

だが、萌仲が二時間ほど、集中して書いていたのを見ていた。

用紙に手書きで、一生懸命書いていたように思う。てっきりカラフルに仕上げてくるかと思ったけど、見本通り黒いペンのみで書いていたのは好印象だった。

「頑張って書いたのに……」

「頑張ったかどうかは、関係ありません。評価されるのは成果物だけです」

まさに一刀両断。

川名の容赦《ようしゃ》ない評価に、萌仲がたじろいで一歩下がる。

だが、川名の言葉は止まらない。

「ほとんど萌仲さんの主観じゃないですか。なんですか？　この『センパイは優しい』っていう大きな文字」

「そのままの意味だよ」

「まず、新聞なんですからセンパイじゃなく、きちんと名前で書いてください。優しいだけじゃなく、具体的な内容もほしいです」

「た、たしかに……！」

ぐうの音《ね》も出ない正論だった。

というか、萌仲よ……。そりゃボツになるわ。

新聞を作るなんて経験、普通に生きていたらすることないからな。特に萌仲は、新聞を読むこともないだろうし……。

川名から受け取って俺も読んでみたが、たしかにボツにせざるを得ないクオリティだった。

「全体的に内容が薄すぎます。レイアウトもめちゃくちゃですし」

「難しいね……」

「そうですね。でも、生徒会役員だったらできないといけません」

川名は冷たく言い放つ。

「あの、川名……その辺に――」

「ありがとう！」

フォローしようとした時、萌仲が勢いよく頭を下げた。

俺も川名もぽかんとして、何事かと目配せし合う。

「えっと？　お礼されるようなことはなにもしてないですが」

「ううん。だって、こんなにアドバイスしてくれたんだもん。ただボツですって言えばいいだけなのに。全然できてないのに、見捨てないでくれるんだね」

「それは、まあ、一応試験官ですし……」

川名が戸惑ったように目を泳がせる。

萌仲がポジティブでよかった……。

「もっと考えて、書き直すね！　また見てくれる？」

「それはもちろんです。一回でできるとは思っていません」

「ありがとう！　家で作って、明日また持ってくる！」

萌仲はスクールバッグを背負い、生徒会室を出ていった。

「あ、ちょっと！」

川名が慌てて静止するが、既に萌仲の姿はない。伸ばした手の行き場を失い、だらりと下げる。

「帰っちゃいました……」

「みたいだな」

川名は腕を枕に、机に突っ伏す。

「言いすぎちゃいましたでしょうか」

「いや、あの様子なら大丈夫じゃないか？　川名の気持ちも伝わってたみたいだし」

「もっと優しく言えばよかったかも……」

「優しくしたら成長しないと思ったから、厳しくしたんだろ？」

川名は、萌仲に生徒会入りしてほしい側だ。

試験したことにしてサインをするのは簡単。でも、それは萌仲のためにならない。

だから、心を鬼にして指導したのだろうが……萌仲が出ていってから後悔《こうかい》している辺り、川名らしい。

「そうです！　というか、これからもっと具体的にアドバイスしようと思っていたのに、なんですぐ帰るんですか！」

「あ〜」

「どうせ萌仲さんのことだから、陰で悔《くや》しがっているに決まってます」

川名が机をどんどん叩きながら怒っている。彼女がここまで怒りを露《あらわ》にするのも珍しい。

心から憤《いきどお》っているわけではなく、もどかしさが怒りに転じているだけだろうけど。

「もっと私のことも頼ってくれていいのに」

「……きっと、頼ってばかりじゃなく対等に役に立ちたいんだろうさ」

「萌仲さんと私は、最初から対等です」

「そうだったな」

まあ、試験官モードの川名が怖すぎて帰りたかっただけかもしれないけど……。

そんなこと言ったら、また川名が落ち込みそうなので黙っておこう。

「はぁ……萌仲さん、試験大丈夫だと思います？」

川名は小さく溜息を吐いて、人差し指で机をくるくるとなぞった。

「落とすつもりなのか？」

「私の試験ではなく、他の……特に、副会長とか」

「……まあ、厳しめだろうな。片瀬山より、葛原先輩のほうが不安だけど」

「そうなんですか？　私、あまり前会長とは関わりがないのでわからないです」

一年生の川名は、前会長の葛原先輩とは入れ替わりで生徒会役員になった。だから、顔くらいは知っていても、人となりまではわからない。

彼女が知っているのは、壇上《だんじょう》で話す表の姿だけだ。

「いい人なイメージですけど」

「悪い人ではないよ」

相性は悪かったが、俺もあの人のことは尊敬している部分もある。

特にあのカリスマ性は、簡単に真似《まね》できるものではない。

「けど、萌仲が俺の推薦《すいせん》だと知ったら、邪魔してくるかもな」

「仲悪かったんですか？」

「ちょっとな」

「わからないですけど、たぶん会長が悪いですね」

「ひどっ。……たぶんそうだけどさ」

俺が渋々同意すると、川名がくすりと笑った。

自分が意固地《いこじ》で、正しいと思うことに対しては譲《ゆず》らない性格なのは、自覚している。

ああ、合理性とはかけ離れた性格だ。

本当は自分が折れてでも全体の調和を目指したほうが効率がいいし、普段は努めてそうしているつもりだ。

でも、あの人の前じゃできなかった。

それはきっと、俺の未熟さ故の問題だ。だから、俺が悪いという言葉に間違いはない。

「萌仲さんなら大丈夫ですよね」

「めちゃくちゃ心配するじゃん」

「だって！　……私も、萌仲さんには生徒会役員になってほしいんですもん。会長が提案したとき、それだ！　って思いましたし」

なんで裏だとこんなに素直なんだろうなぁ、この子。

もっと俺への気持ちも素直に言ってくれていいんだよ？　尊敬してます、みたいなさ！

「もしダメそうでも、会長がなんとかしてくれますよね」

「なんとかできたらな」

とりあえず、川名の試験をなんとかしないと。

川名を納得させるとかいう課題、普通に高難度だからな……。


そして、翌日の昼休み。

「なに!?　大庭《おおば》さんが俺と話したいだって!?」

俺のクラスメイトであり、体育委員長である渡内玲也《わたうちれいや》。

教室の真ん中で目を輝かせながら、うぉおおと雄叫《おたけ》びを上げた。

「ついにモテ期襲来！　お前のおかげだよ、正近ぁ！」

「あー、うん。たぶん違うというか、あまり期待しないほうが」

「しかも、あの萌仲ちゃんだなんて！　ああ、人生っておもしれえ……」

さっそく名前呼びになってるし、なにか悟り始めた。

面倒だから説明しなくていいかな……。

スポーツマンだし、身長高くて爽《さわ》やかな男なんだけど、この暑苦しさのせいでモテない悲しい運命を背負っているのだ。少しくらい夢見させてあげよう。

萌仲が本当に好きになる可能性もゼロではないし？　……いや、それはなんか悔しいな。

玲也を連れて、萌仲の待つ生徒会室に入る。

俺たちが入った瞬間、萌仲が立ち上がり、駆け寄ってくる。

「玲也センパイ、待ってた！」

「俺のこと待ってたの!?」

「うんっ」

萌仲の言葉に、玲也はデレデレである。

なんか、お見合いの仲介《ちゆうかい》をやってる気分になるな……。

「玲也センパイにお願いがあって……」

「いいよいいよ！　萌仲ちゃんの頼みならなんでもする！」

「よかった！」

知ってたけど、俺の親友がちょろすぎる。

将来、結婚詐欺《さぎ》とかに遭《あ》いそうだ。

萌仲はメモを取り出して、ペンを握る。

「じゃあ、正近センパイについて教えてください！」

「もちろん！　……え？　正近について？」

「うんっ。私、正近センパイのこと知りたくて」

玲也が、俺と萌仲を交互に見る。

次第に状況を理解したのか、がっくりと肩を落とした。

「モテ期、終了……」

「始まってもないけどな」

「正近！　お前には人の心がないのか！」

玲也が俺の胸ぐらを掴《つか》み、ぐらぐら揺らしてくる。

萌仲があわあわしてて面白い。

「くっ、自分はモテてるからって！」

「勘違いしてるようだけど、俺について知りたいってそういう意味じゃないからな」

「じゃあどういう意味だァ！」

玲也も手加減してるから、別に痛みはない。ただじゃれてるだけだ。

というか、柔道部の彼が本気だったら、とっくに窓から投げられている。

「えっとね、生徒会新聞で生徒会長特集をするの！　だから、正近センパイのエピソード聞きたいなって！　一番の親友だって言ってたから」

俺の襟《えり》をちぎりそうな玲也の腕を引っ張りながら、萌仲がフォローする。

玲也の腕から、力が抜けていく。

「一番の……親友……？」

半ば浮いていた俺の身体《からだ》を降ろして、ぽんぽんと肩を叩いた。いや、そんな軽い擬音《ぎおん》じゃない。ばんばんと音が鳴っている。

「はっはっは！　そうかそうか、正近が俺のことを一番の親友だと言っていたのか！」

「いや、そこまでは言ってない、というか痛い……」

「恥ずかしがらなくていい！　俺たちは親友だからな！」

どうしよう、俺だけ先に教室戻っててていい？

がははとうるさい玲也を見ながら、心底そう思った。

ともあれ、玲也を連れてきた目的は、萌仲の取材のためだ。

昨日、川名に速攻ボツにされた新聞。そのリテイクのためである。

萌仲目線の話だけでなく、いろんな人に取材し、内容を濃くしたいというのだ。

昨日の晩、萌仲から電話でそう相談された俺は、玲也を紹介したのである。

生徒会役員を除いて、俺のことを一番知っているのは玲也だろうから。

「萌仲ちゃん、正近のことならなんでも聞いてくれ」

「やったっ。よろしくお願いしますっ！」

ようやく解放された俺は、会長席でぐったりする。

傍で聞いているのも恥ずかしいので、萌仲が取材をしている間、適当に時間を潰したのだった。

その後も、萌仲はいろんな人に取材に回ったらしい。俺は同行していないから、詳しくは知らない。

そして、川名の助言も受けながら、一週間……。

「ど、どうかな……?」

通算六回目のリテイクを提出した萌仲が、震える声で尋ねる。

川名はじっくりと生徒会新聞に目を通す。最初は二十秒で終わったことを思えば、それだけで進歩だ。

スカートを握りしめ、じっと待つ萌仲。

すぐ終わると思われた試験も、翌週まで掛かってしまった。

それだけ川名が厳しいというのもあるが、今の萌仲なら、最初がどれだけ酷《ひど》かったか理解しているだろう。

理解できるくらい、成長したから。

俺も途中経過を把握《はあく》しているけど、作るたび、萌仲の新聞はブラッシュアップされていった。

川名のアドバイスが的確だったのもあるし、なにより萌仲が諦めず、食らいついた結果だ。

そして今日の新聞は、今までで一番の出来である。

「読み終わりました」

川名が新聞を机に置いて、目をつむる。

萌仲がごくりと唾《つば》を飲む音が、離れていても聞こえた気がした。

「合格です」

「……え？」

「聞こえませんでしたか？　試験は合格です。いい新聞だと思います」

川名は萌仲を見て、にっこりと笑う。

「よかったな」

未だフリーズする萌仲を労《ねぎら》う。

萌仲はゆっくりと振り返り、目尻に涙を浮かべた。

そして、俺に駆け寄って飛びついてきた。

彼女の軽い身体を、両手で受け止める。

「センパイ！　やった！　合格だって！」

「まだ一個目だけどな」

「大丈夫！　毎回喜ぶから！」

萌仲が俺から離れて、ぴょんぴょん跳ねる。

そのまま振り返り、今度は川名に飛びついた。

「まつりんありがとー！」

「萌仲さんが頑張った結果ですよ。はい、試験表出してください」

「うん！」

萌仲がスクールバッグから、大事にファイリングされた試験表を取り出した。

うきうきで川名に手渡す。

「印刷して貼り出すのも、後で一緒にやりましょうね」

「まつりんと一緒にやる！」

喜びすぎて、幼児退行してないか……？

いや、元々このくらい馬鹿っぽかったかもしれないけど。

無事、川名の試験を突破しサインをもらうことができた。

川名も肩の荷が下りたのか、萌仲と自然に笑い合っている。

しかし、まだ一つ。残る試験は五つもある。

「次の予定は……っと」

俺は二人の試験官に連絡するのだった。

04

四章　生徒会書記　立石隼人

Tameguchi
kouhaiGAL ga natuitara
sasugani
kawaisugiru

日曜日。俺と萌仲《もなか》は、試験場所として指示された建物に来ていた。

「……ライブハウス？」

「だよね」

二人で建物を見上げ、首を傾《かし》げる。

送られてきたのは、指示だけだった。試験内容は知らない。

午前九時という指示通りに、繁華街《はんかがい》から少しだけ離れた路地に来たのだった。

そしてたどり着いたのは、小さなライブハウスだ。

入口横には様々なバンドのポスターが貼られていて、その前には開場を待っているのか、何人かの人が座り込んでいた。

「ここで試験をするのかな？」

「どんな内容か想像もつかないな……」

ここまで来たはいいものの、どうしたらいいのかわからず萌仲と二人立ち尽くす。

ライブハウス……初めてきたから、少し緊張する。自分には縁のないものだと思っていたからだ。

「ていうか、謎に服装指示があったんだけど……ミニスカって」

その言葉に釣られて、スカートを見る。

萌仲が身につけているのはレザーのミニスカートだ。丈の短さでいえば制服と大差ないけど、タイトなシルエットなせいで余計に扇情的《せんじょう》になっている。

「はっ、まさかセンパイを誘惑する試験!?」

「落第確実だな」

「まっさか～。三秒で合格間違いなしだね。センパイ、私のミニスカ大好きだし」

「否定はしない」

「しろよ～」

まあ嫌いと言ったら嘘になる。悲しいことに、男の性《さが》なのだ。

とはいえこの季節だと、寒そうだなという感想が先に来る。ロングブーツを履《は》いているようだが、隠しきれていない。

「でもなんでミニスカなんだろ？」

「どうせあいつの趣味だろ……」

なにせ、試験官がわざわざ服装を指示してきたのだ。

そろそろ来るはず……ときょろきょろしていたら、ライブハウスの裏から声をかけられた。

「正近《まさちか》くん、萌仲ちゃん！　こっちっす！」

手招きをするのは、今日の試験官、生徒会書記の立石隼人《たていしはやと》だ。

彼の誘導に従い、ライブハウスの裏口から中に入る。

「隼人くんやっほ～」

「萌仲ちゃん、私服も可愛《かわい》いっすね！」

「ほんと？　センパイはぜんぜん褒《ほ》めてくれないんだよ」

「あっ、ダメっすよ正近くん。すぐ褒めないと！」

後輩二人から同時に責められた。

たしかに今日は褒めてないかもしれないけど……。

やっぱりミニスカにしたのは隼人の趣味なんじゃ……？　試験を口実に、ギャルの私服を見ようとしてやがる。

正直、ナイスな指示だ。さすが俺の後輩である。

「正近くんの私服は……なんていうか、普通すね」

「もう少し処世術《しょせいじゅつ》を学べ」

「はっ、たしかに！　さーせん、正近くんにも服装の指示すればよかったっすね」

「そっちじゃない。お世辞《せじ》を言えという意味だ」

俺のコートとスラックス姿を上から下まで眺めて、隼人が失礼なことを言ってくる。

後輩にイジられる才能があるのかもしれない……。

隼人は、黒いシャツに黒いワイドパンツという装《よそお》いだった。真っ黒だな。

「隼人。そろそろ試験内容を教えてもらっていいか？」

「あー、俺試験とかよくわかんなくて。ただ、ちょうど人手が足りなかったんすよ」

「……まさか」

嫌な予感がする。

苦笑いする俺と、「んー？」と呑気《のんき》な顔をしている萌仲。

俺たち二人に、隼人はお揃いのＴシャツを手渡した。

「はい、これに着替えて。今日のバイト……じゃなかった、試験内容は」

隼人がニヤリと笑う。

「ライブハウスの手伝いっす！　俺も演者として出るんで、しっかり頼むっすよ！」

途中、バイトって言いかけてたよな……。

ライブハウスのスタッフとして働くのが、隼人が考えた試験らしい。

「楽しそう！」

萌仲が嬉しそうに、Ｔシャツを受け取る。

プリントされているのは、隼人の所属するバンド名だろうか。俺も渋々受け取る。

「私、こういうバイトしてみたかったんだよね〜。イベントスタッフとか！」

「まあ、これはこれで勉強になるかもな」

「勉強？」

隼人がどこまで考えているかわからないが、これも生徒会役員の繋《つな》がると言えなくはない。

「行事運営と近そうだろ？　例えば学園祭なんかは、お客さんが大勢来る。全体を恙無《つつがな》く運営するために、細部でどういう動きをしているか……それを知っておいて損はない」

ライブハウスのバイトはしたことがないが、共通する部分はあるだろう。

生徒会庶務《しょむ》として、お客さんを捌《さば》く能力を見る……試験として相応《ふさわ》しい。

「へー」

「さ、さすが正近くん。俺が考えてたことと完璧《かんぺき》に同じっすわ」

なお、後輩二人には少しも響かなかった。


それぞれ更衣室で着替えて、萌仲と控室で合流した。隼人はバンドの準備があるのか、ここにはいない。

地下のライブハウスだからか、半袖《はんそで》Tシャツでも寒くはない。

「センパイ、なんかドキドキするね」

Tシャツをレザースカートにインした萌仲が、目を輝かせながら言った。

「軽音部って、ライブハウスでライブとかするんだね。しかも、今から隼人くんが出るんでしょ?」

「そうみたいだな……。俺も、来るのは初めてだ」

「自分が出るわけじゃないのに、緊張する」

片瀬山《かたせやま》も隼人も、精力的に部活動に打ち込んでいるのは知っていた。

軽音部なのだから、バンド演奏をお客さんに聴かせるのがメインの活動だ。知識として知ってはいたけど、実際に居合わせると、不思議な感覚になる。

「お客さんはお金払って来てるんだよね」

「たぶんな」

「お金も時間も使って見に来てくれた人の前で、パフォーマンスをするって……どんな感覚なんだろ」

学生の部活であっても、アマチュアであっても、お金を貰《もら》っている以上は仕事だ。楽しませないといけない。

軽音部は、そんな重圧の中で活動しているんだな……。

「今日終わってみれば、少しはわかるんじゃないか？」

「うん。頑張る」

まあ、俺たちは無給だけど！

萌仲と二人で待機すること、数分。

店長だという女性がやってきて、仕事について説明を受ける。隼人から話は通してあるみたいで、流れはスムーズだった。

「すみません、突然お邪魔して」

素人《しろうと》の二人が紛《まぎ》れ込むのは迷惑だろうと、店長に謝る。

「いいえ、全然大丈夫よ。というか、出演者とかその知り合いが手伝うのはよくあることだから」

「そうなんですか?」

「万年人手不足なの、うち」

まあ、毎日ライブがあるわけでもないし、バイトを常に雇うのも大変だろう。特に、小規模なライブハウスだと。

「それに、君たちのバイト代分、使用料から引く約束だから」

「あいつそれが目的かよ……」

隼人……センスある試験だと見直したところだったのに……。

この試験自体が俺のわがままで始まったことだから、文句も言えないが。

「じゃあよろしくね～。開場は十一時からだから」

一通り説明を終え、彼女は手を振りながら出ていった。

壁にかけられた時計を見ると、今は午前十時半。残り三十分ほどで始まる。

「ていうかさ、聞きそびれてたんだけど……私たち以外にバイトの人って、いるのかな?」

既に閉じられた扉を見る。

仕事内容は聞いたけど、他の人の動きや連携についてはなにも言ってなかったな。……まさか。

「面白くなってきたな」

「そーだね」

「俺一人でも、回してみせる……！」

「あれ？　私は？」

「仮にお荷物を抱えていても、俺ならできるから安心しろ」

「私も戦力になるよ？」

与えられた仕事は、どれも簡単なものだ。

俺の生徒会経験を活《い》かす時がきたな……。萌仲が回ってなさそうだったら手伝ってあげないと。

……と、いうのは冗談で、萌仲ならきっと大丈夫だと思うけど。

「ふふふっ」

突然、隣で萌仲が笑い出した。

「隼人くんに感謝しないと」

「労働力として駆り出されただけだけどな」

「私、センパイと一緒に仕事できて嬉しいよ」

体育倉庫で整理をした時も、そんなことを言っていた。

同じ学校の生徒であっても、クラスや学年、部活等で一緒でなければ、共同で作業するというイベントはほとんどない。

萌仲とだって、偶然付き合いが始まらなければ、一生関わることなく終わったはずだ。

「庶務になればいくらでも仕事はあるぞ」

「やったっ。不純な動機で頑張るね」

「不純？」

萌仲は上目遣いをして、俺の胸に人差し指を突き立てた。

「センパイと一緒にいたいっていう不純で純粋な動機だよ」


だからそれを、真っ向から言うんじゃない。

萌仲の言葉は、いつも俺を戸惑わせる。

「……片瀬山に怒られるぞ」

「それはたいへんだ。でも、センパイがいるなら仕事もいくらでも頑張るから」

返す言葉が見つからなくて、俺はただ肩をすくめた。

まあ、始まったらこんな会話をしている余裕もないだろうけど……。

「じゃあ、働くか」

「うん！」

こつんと拳を合わせて、俺たちは控室を出た。

すぐに別れて、それぞれの仕事位置につく。

少し経って……正面の扉が開かれた。

「いっ……」

変な声が漏《も》れる。

思ったより、人が多い。小規模なライブハウスで、これほど集まるものなのか。

「チケット拝見しまーす！」

萌仲の声が響く。

彼女に与えられた役目は、チケットもぎりと案内だった。

「ドリンク代五百円です！」

入口近くの薄暗い通路に立ち、お客さんを迎える。

チケットを確認し、ドリンク代の五百円とドリンクチケットを引き換える……それが、萌仲の仕事だ。

さらに、目当てのバンドを尋ねて、バンドごとに分けられた箱にチケットを入れていかないといけない。

説明するだけなら簡単だが、それを何十人も捌《さば》くとなれば、かなりの労力を必要とする。

俺の位置からでは姿は見えないが、おそらく目が回るような忙しさだろう。

「萌仲の声、よく響くなぁ」

受付をさせる予定だから、可愛《かわい》い格好を指定したのか。

明るい金髪といい、ライブハウスにマッチしているように思う。

……むしろ、俺のほうが場違いじゃないか？

「そろそろだな」

俺の元にお客さんが来るのは、萌仲より少し後。

通路を通ってぞろぞろと客が押し寄せてきた。

「見せてやるよ、俺の手さばきを……！」

などとカッコつけてみたが、やることは単純だ。

「お茶ください」

「炭酸水」

「コーラで」

「お水くださーい」

ドリンクチケットを出しながら、希望を伝えてくるお客さんたち。

俺は希望通りの飲み物をプラカップに注ぎ、次々とドリンクチケットと交換していく。

カウンターに乗る分は予《あらかじ》め作っておいたんだけど、それだけじゃ全然足りなかった。

「はい、はい、はい、はい」

余計なことを考える暇はない。
いちいち二リットルのペットボトルを傾けないといけないから、なにげに体力がいる。
ひたすらドリンクを注ぎ、渡す。注ぎ、渡す……その繰り返しだ。
結構、腕疲れるなこれ……。
だが萌仲の前であれだけ大見得《おおみえ》を切った手前、潰れるわけにはいかない。
俺のスピード一つで、スムーズに入場できるか決まるんだ。
行列なんて作らせねえ！
「はあ……はあ……」
ようやく列を捌ききって、一息つく。
体感時間は長かったけど、実際にかかったのは十五分ほど……。
何人いたか定かではないが、五十人はいた気がする。
「やりきった……」
とはいえ、これで終わりではない。
開場と同時にやってくるのは、一番目のバンドを見に来たお客さんたち。
今日予定しているのは、全四組。これからもまばらに来客はあるだろう。
萌仲もしばらくは持ち場を離れられないだろうな。
でも開場直後が最もバタバタするらしいので、だんだん余裕ができてくる。

「正近くん、お疲れっす」

壁に寄りかかって休憩《きゅうけい》していると、隼人が様子を見に来た。

「好きなもの飲んでいっすよ」

「まるで奢《おご》りみたいな言い方だな」

「って、店長が言ってたっす」

お言葉に甘えて、炭酸水を一杯注ぐ。

喉《のど》に流し込むと、全身に染み渡るように気持ちよかった。思ったより汗をかいていたらしい。

「隼人のバンドは何番目なんだ？」

「二番目すね。メンバーも軽音部の奴っすよ」

「へえ。こんなに外で活動していたなんて、知らなかったな」

軽音部がコンテストに参加していたのは知っていたけど、普段からライブ活動していたとは。

生徒会長として、把握《はあく》しておかないといけない案件だ。

隼人の出番は次。大方、俺と話して緊張をほぐしに来た感じかな。

「へへっ、ここまでガチなのは俺んとこと、るい先輩のバンドくらいっすけどね」

「片瀬山もやってるのか」

「今日はいないっすよ」

隼人と話している間に、トップバッターの演奏が始まったようだ。

防音扉越しにもドラムの音が聞こえる。

「俺、この音好きなんすよねえ。俺もドラムなんですけど」

隼人がカウンターに肘をつきながら、フロアのほうを細目で見る。

イントロが終わり、男性ボーカルの声が響き渡る。歌詞までは聞き取れない。

だが目当ての客が来るのも納得な、綺麗《きれい》な声だった。

「お前に、女子以外に好きなものがあったとはな」

「もちろん女の子のほうが好きっすよ」

「あ、そう……」

欲望に正直な奴だ。

俺が隼人について知っていることは少ない。せいぜい、軽音部に所属していることくらいだ。

生徒会につれてきたのも片瀬山だし、思えば、隼人がどういう人間なのか知る機会は少なかった。

「元々軽音部には、なんとなく楽しそうだな〜くらいの気持ちで入ったんです。あとモテたいなって。特段バンドが好きなわけでも、楽器の経験があったわけでもなくて」

「お前らしいな」

「そんな奴ばっかりっすよ。軽音部に限らず部活とか生徒会って、そういうものじゃないすか。なんとなく楽しいからとか、青春したいとか、暇つぶしとか。なにかに打ち込んでる実感がほしいっつーか」

緊張からかいつにも増して口数の多い隼人の独白を、黙って聞く。

俺だってそうだ。生徒会そのものをやりたいわけじゃなく、大学進学の足がかりとして選んだに過ぎない。

運動部の生徒で、本気でプロを目指している人なんてほとんどいない。それが悪いとは思わないし、当たり前のことだと思う。

だからといって、俺も隼人も、他の部活動の生徒だって、決して手を抜いているわけではないが。

「るい先輩は違った」

サビに入ったのか、フロアの熱狂が一段と大きくなった。

「新歓ライブで初めてるい先輩の歌とギターを聞いた時、俺、震えました。ああ、天才ってこういう人のこと言うんだろうなって」

俺は片瀬山のことも、生徒会の姿しかわからない。

文化祭でも演奏していたけど、俺はその時、運営で奔走《ほんそう》していた。だから、アンケートで絶賛されていたことくらいしか、彼女のバンドを知らない。

隼人が片瀬山にアタックを続けるのも、あながち冗談じゃないのかもしれないな。

「でも、才能だけじゃなかった」

隼人はカウンターに両腕を重ね、顎《あご》をのせた。視線は斜め下に向いていて、どこを見ているのか定かではない。

「るい先輩は暇さえあれば練習して、休みの日には毎日のようにライブやって……。誰よりも努力してたんです。それを見て、俺って今までどんだけダメな奴だったんだろうって思って」

「それで、隼人もライブを？」

「はい。少しくらい近づきたくて。……バカっすよね」

「……俺はバカだとは思わないな」

「しかも、るい先輩は生徒会までやってたんすよ。真似《まね》して俺も入ってるんだから、やっぱりバカっすよ。俺に、そんな色々できる要領の良さはないのに。ダサいっすよね」

人生で本気になれるものを見つけて、実際に本気になれる。そんな人がどれだけいるだろう。俺にはできない。要領だけよくても、俺は全てが中途半端だ。

だから片瀬山や隼人のことは尊敬するし、憧れる。

「でも……俺は才能を言い訳に逃げたくないから。こうして我武者羅《がむしゃら》にライブとかやっちゃってるわけっす。実績もないから、なかなかやらせてくれるとこなくて、ようやく見つけたのがここっす」

隼人は顔を上げて、自虐《じぎゃく》的に笑った。

「って、すいません。いきなり語っちゃって。もちろん俺もるい先輩も、生徒会に手抜く気ないっすからね」

「わかってるよ。あと、お前が色々考えてる奴だってことも」

「やめてくださいよ。俺はノリで生きてるんだから。そんなガラじゃない。俺が言いたいことはただ一つっす」

隼人が冗談めかして、ぴんと人差し指を立てた。

「軽音部の部費、増やしてください。金さえあれば俺も一流になれるかも」

「うちの会計に打診してくれ」

「げっ、茉莉《まつり》ちゃん厳しいからむりそ～」

やめやめ、と隼人が首の後ろを掻《か》いた。

真面目《まじめ》な話をしていると恥ずかしくなるのは、俺と一緒だな。

「俺は真剣にやってるお前のこと、カッコいいと思うぞ」

なにごとも本気になれない俺だからこそ。

本気で恋を追う奴がいる。本気で絵が好きだからこそ、諦めなきゃいけない奴がいる。

本気で音楽をやってる奴と、本気でそれを追いかける奴がいる。

そんな奴らのことを、せめて俺は応援したい。

「隼人の時だけこっそり抜け出して見に行くから、頑張れ」

「ハズいからぜったい来んな」

最後だけタメ口で、隼人は笑った。

隼人は「あざす」と口の動きだけで言いながら、防音扉を開けた。

――その時。

バンドの演奏が、突然乱れた。

「えっ……？」

扉を開けた体勢のまま、隼人が呆然《ぼうぜん》と呟《つぶや》く。

リズムが狂い出し、やがてドラムが止まった。釣られて、演奏そのものがまばらに停止していく。

お客さんの間にも、なにごとかとざわめきが広がっていく。

「なにがあったんだ？」

カウンターから出て、隼人に尋ねる。

「わからないっす。でも、たぶんドラムセットになにか……」

隼人は立ち尽くしたまま、ステージを見つめている。

ステージ上ではドラマーがしゃがみこみ、足元でなにかを弄《いじ》っていた。バンドメンバーも、ドラムの周りに集まっている。

なにか不具合が起きたのだろうか？

楽器には詳しくないが、故障か、破損か……。トラブルが起きたのだろうことは、ここからでも窺《うかが》えた。

「隼人、何事だ？」

「どうしたの？」

隼人のバンドメンバーだろうか。学校で見覚えのある男たちが、控室から出てきて隼人の横に並んだ。

フロアのざわめきは収まらない。

やがて店長の女性もステージに上がり、ドラムを点検し始めた。

「そんな……次は俺たちなのに……」

隼人が小さく、そんなことを呟いた。隼人の担当はドラムだ。すぐに修理できればいいが、無理なら彼らの演奏にも支障が出る。

最悪、ライブの続行自体不可能かもしれない。

「俺たちも行こう」

隼人の肩を叩いて、そう提案する。バンドメンバーが俺の顔を見て「え、生徒会長？」「なんでここに？」と疑問を口にした。

悪いが、その疑問に答えている暇はない。

未だ立ち尽くす隼人の手を引いて、控室を通ってステージへ向かう。

ステージ袖《そで》に着くと、ちょうど店長が戻ってきたところだった。

「なにかあったんですか？」

「うん。バスドラムのペダルのバネが壊れちゃったみたいなの」

端的に、店長が状況を説明する。

隣で、隼人の顔が青ざめた。

「素人《しろうと》ですまんが、バネが壊れるとどうなる？」

「……叩いたまま戻らない。バスドラムがなければ、リズムが維持できないっす」

「なしで演奏は？」

「やったことないんで……俺には無理っすね」

トップバッターのバンドも、続行ではなく中断を選択した。

バンド演奏の中で、それだけ重要な部分なのだろう。

「ごめんなさい、私のメンテナンス不足よ……」

「修理とかって、できないものなんですか？」

「修理よりも新しいペダルに交換したほうが早いわ。でも、うちには置いてなくて……」

店長が、悔《くや》しそうに下唇を噛《か》む。

素人の俺があまり口出しするのも、よくない気がする。

だが、今はお客さんを待たせている状態だ。

今日限りとはいえ、俺はここのスタッフ。無関係ではない。

「替えはすぐに手に入りますか？」

「仲の良いライブハウスか楽器屋に行けば……でも、三十分はかかるわ」

このまま続行することはできない。

替えのペダルを取りに行くにも、三十分はかかる。それでも再開はできるが、待たせすぎだ。

……八方塞《はっぽうふさ》がりか。

なにか策はないかと頭を巡らせていると、隼人が控えめに手を上げた。

「俺の知り合いのとこなら、十五分で戻ってこれるっす」

「よし、それでいこう」

「でも、その間どうするんすか？」

ステージ袖から、フロアの様子を窺う。

お客さんは既に手持ち無沙汰《ぶさた》で、トラブルを察したのか既に帰り始める人もいた。

十五分。その間、どれだけの人が待ってくれるか。

「俺がなんとかする」

気づけば、そう口にしていた。

隼人のバンドメンバーが「えっ」と目を丸くする。

「なんで正近くんが……。俺が無理やり連れてきただけなのに」

「なに言ってんだ。うちの軽音部の演奏だろ？　生徒会長がサポートしないでどうする」

それに、俺はさっき聞いてしまった。

なかなか出演させてくれる場所がないと。今日は、ようやく摑《つか》んだチャンスなのだ。

後輩が困っているのに、ただ見ているだけなんて性《しょう》に合わない。

「それに、トラブル対応は生徒会長の腕の見せ所、だろ？」

「正近くん……」

「早く行け」

「……っ。お願いします！」

隼人が踵《きびす》を返して、走り出した。この様子なら、もっと早く戻ってくるかもな。

十五分。短いようで長い時間だ。

なにもしなくても、それなりの人数は残ってくれるだろう。

だがどうせなら、満員の状態でやってほしいよな。

「センパイ、話は聞かせてもらったよ！」

隼人と入れ替わりで、萌仲がやってきた。異変を感じてこっちに来たみたいだ。

「私も手伝う」

「……そうだな、頼む」

これも試験の一環だな。

「君たちは受付とドリンクを頼む。店長、マイク二本ありますか？」

「え、ええ」

隼人のバンドメンバーにそれぞれ仕事を頼み、店長からマイクを受け取る。

慣れた重さだ。マイクを持つのは、生徒会長の本職の一つである。

「萌仲、行くぞ」

「うん！」

萌仲にも一本渡し、ステージ袖から出る。

ステージ上では、トップバッターのバンドが困惑している。

先ほどリストで確認したところ、バンド名は『スベリヒユ』というらしい。

ステージに上がると、お客さんの多さがよくわかる。ほとんどが、このスベリヒユを目当てに来た人たちだ。

フロアは天井が低く、薄暗い。観客との距離は手が届きそうなほどに近く、わずかに灯る証明が観客の顔を淡く照らしていた。

俺はステージの中央に立ち、マイクを口元に当てた。

「お待たせして申し訳ありません。ライブハウス運営の辻堂《つじどう》です」

まあ、ただの単発バイト（無給）だけど。

俺の声に、スマホを弄って待っていたお客さんたちが顔を上げた。

「現在、機材トラブルでライブを中断しております。復旧は十五分後を予定しています。それまでは演奏ができない状況です。そこで……」

やっぱりか、と失望の表情を浮かべる客席に、にっこりと営業スマイルを向ける。

「急遽《きゅうきょ》、スベリヒユのトークイベントを開催いたします」

スベリヒユのメンバーが、驚いたように俺を見た。

ボーカルは男性で、ギターとドラムも男性、ベースだけ女性という組み合わせだ。

皆、俺とそう歳《とし》は変わらないように見える。高校生だろうか。

こういうトラブル対応は慣れていないようで、ステージ上で右往左往するばかりだった。

なら俺が……いや、俺たちがリードしよう。

萌仲にアイコンタクトすると、彼女は自信ありげに頷《うなず》いた。

「はーい！　司会の萌仲です！」

天真爛漫《てんしんらんまん》に手を上げて、元気に挨拶《あいさつ》する。

奥で落ち込んでいたドラマーの手を引き、前に連れ出した。

勝手に始めたのに、順応が早くて助かる。

「はい、名前は？」

「えっと、鏑木《かぶらぎ》純《じゅん》です。この度《たび》は演奏を止めてしまいすみま……」

「純くんね！　やっぱドラムって難しい？　私楽器とか全然できなくてさ～」

「難しいですけど、やっぱ上手《うま》くいった時の一体感が好きで」

「そうなんだ！」

「ライブだと、お客さんとも一緒になった感覚になって……グルーヴ感っていうか」

萌仲が無理やりトークを引き出していく。

ドラマーの彼を最初に選んだのは、一番落ち込んでいるように見えたからだろうか。

彼が原因でないとはいえ、ドラムの故障で演奏が止まったのだ。そりゃあ気が滅入《めい》る。

だが萌仲の明るさに、彼も少しずつ笑顔を取り戻していった。

萌仲はボーカル、ベースと、順番に各メンバーとトークを繰り広げる。

最初は戸惑っていたメンバーも、萌仲と会話をする形でどんどん話が弾んだ。

「さて、話すのは萌仲に任せて……」

俺が注視するのは、お客さんの表情だ。

楽しんでいるか、退屈に感じているかは反応を見ればわかる。壇上《だんじょう》から反応を確認するのは、生徒会長としていつもやっていることだ。

「大丈夫そうだな」

お客さんの視線はバンドメンバーに向いていて、萌仲やメンバーが冗談を言うたび、客席にはくすくすと笑い声が起きる。反応は上々だ。

トークは萌仲に任せ、俺は無事ペダルが届いたあとのことを考える。

スタッフと打ち合わせし、演出を指示した。

「ギター触ってみる？」

「えー？　いいの？」

……なんか、トークイベントってより萌仲のパフォーマンスみたいになってるけど。

まあお客さんが楽しそうだからいいか。

時間はあと五分ほど。

事前準備もない小細工《こざいく》で稼《かせ》げる時間としては、ギリギリだ。

「正近くん！」

ステージ脇から、隼人の声が聞こえた。

隼人は壁に手をついて、肩で息をしている。相当走ったみたいだ。

だが彼が掲《かか》げる手には、しっかりと替えのペダルが握られていた。

「よしっ」

想定より早かった。

俺は照明スタッフに合図して、萌仲にスポットライトを集中させる。

「わっ、なんか有名人になったみたい！」

光の中で萌仲がはしゃいでいる。

対照的に影になったバンドメンバーに、演出を伝えて回る。

ペダル交換が完了したのを見届けて、俺はマイクを握った。

「皆様、大変お待たせいたしました」

両サイドから吹き出したスモークが、ステージを覆《おお》い隠した。

スモーク全体に、照明が当たった。俺と萌仲は、ステージ袖《そで》に移動する。

バンドメンバーのシルエットが浮かび上がり、客席から歓声が上がった。

「ただいまより、ライブを再開いたします」

ドラムの音が、ステージに響き渡った。


予定していた全四組の演奏が終わり、俺は控室の椅子《いす》に沈み込んだ。

パイプ椅子の背もたれに頭を乗せ、天井を見つめる。

「疲れた……」

トラブルと、ラストの曲をやり直したことによる遅れは、交代の時間を短縮することでなんとか取り戻したらしい。

らしい、というのは、俺はドリンク作りに集中していたからだ。客足は収まらず、ひたすらカップに注ぎ続ける時間だった。

トラブル対応で多少手伝ったとはいえ、無事に終わったのは各バンドと店長のおかげだ。あと、時間稼ぎのほとんどを担《にな》ってくれた萌仲と、ペダルを取りに走った隼人。

むしろ俺はでしゃばりすぎたか、と反省している。

「センパイ、おつかれっ」

萌仲が背後から、俺の顔を覗《のぞ》き込んだ。真上を見ていた俺の頬《ほお》を、萌仲の髪がくすぐる。

「ああ。萌仲もな」

「はいこれ、てんちょーさんから」

萌仲に手渡されたのは、微糖《びとう》の缶コーヒー。

俺は身体《からだ》を起こして、タブを開けた。萌仲は隣の椅子に座る。

「楽しかったねー！」

「萌仲は元気だなぁ」

「子どもは元気だなぁ、みたいな言い方！」

「実際そんな感じ」

「えー子ども扱い。私も大人の女性なんだよ？」

大人の女性……？　子どもっぽいところばかり見ている気がする。

きょとんとしていると、萌仲が足を組んで前かがみになった。

「ふーん。いいんだそんな反応して」

「どういうことだ？」

「私、お客さんに大人気だったんだから」

ふふん、と得意げに笑う。

「やっぱ大人の魅力っていうの？　それがステージで際立《きわだ》っちゃったみたいでさ～。もしかしてスカウトとかされちゃうかも？　芸能関係の人とか来てたりして」

「想像力が豊かで羨《うらや》ましいよ」

「私が有名人になっても、センパイとはこっそり会ってあげるからね。熱愛報道とか出ちゃったらどうする？」

「事実無根を主張する」

「えー、既成事実にしちゃってもいいのに」

なんかすごく調子に乗ってるな……。

ライブハウスというのは、一種の非日常だ。薄暗いフロアと音響、照明が、より一層それを際立たせる。

実際、俺も浮かれていた。学校行事の開会挨拶《あいさつ》とは、雰囲気《ふんいき》がかなり違う。おかげで、余計にカッコつけてしまった気がする。

「でしゃばりすぎたな……」

「そう？　かっこよかったよ？」

「別に俺がいなくてもなんとかなっただろ」

「ん～、そうかもだけど」

トラブルに焦っていただけで、店長もスベリヒユのメンバーも、少し経てば落ち着いて対応できただろう。俺はただ、立て直す時間を短縮しただけだ。

萌仲は肯定しながら、目を細めて笑った。

「でもあの笑顔は、センパイが作ったものだと思うよ？」

萌仲は控室に入口を指差す。

そこには、スベリヒユのメンバーがいた。

「お客さんの笑顔を作ったのはあいつらだぞ」

「うん、すごいなぁ。たくさんの相手を楽しませるって、簡単にできることじゃないよね」

萌仲は眩《まぶ》しそうに目を細めて呟《つぶや》いた。

「私もあんなふうになれるかな」

「どうだろうな。人には得手不得手《えてふえて》ってものがあるし」

「そこは、なれるよって言うところだよ！」

「事実だ」

隼人たちは、たくさん準備して、練習して、そして今日、本番をやりきったのだ。

誰もができるものではない。

「じゃあじゃあ、私はたった一人を笑顔にすることを目標にしよっかな」

「俺なら、とっくに楽しんでるぞ」

「あ、ちょっと先読みしないで！」

どうせ俺を笑顔にしたいとか言い出すと思って……。

今日だって、試験という体裁《ていさい》だったが楽しかった。

それは当然、ライブハウスの手伝いという初めての経験だからというのもあるが、萌仲と一緒だったことも大きい。

結局、俺は彼女との時間を心地好いものだと思っているのだ。

「あ、辻堂さん！」

その時、スベリヒユのメンバーが俺たちに駆け寄ってきた。

「ありがとうございました！　おかげで今までで一番盛り上がりました！」

「大庭《おおば》さんも助かったよ～」

彼らは、口々にお礼を口にする。……そう言われると、悪い気はしない。

談笑していると、今度は店長が来た。

「ああ、いたいた」

「店長、お疲れ様です」

「お疲れ様。二人が来てくれてすごく助かったわ。はいこれ」

店長が俺たちに封筒を手渡した。

「これは……？」

「バイト代。今日一日ありがとうね」

「でも、隼人たちの出演料から引くって言ってませんでした？」

「それとは別よ。これは君たちの働きを評価した分」

そういうことなら、とありがたく受け取る。

お金のためにやったわけではないが、評価の形として貰《もら》えたのは素直に嬉しい。

「わーい！　ありがとうございます！」

「また暇な時に働きにきてよ。うち、常に人足りないから」

店長が手を振りながらそう言って、残務に戻っていく。

小規模なライブハウスにしてはお客さんが多かった。一人では忙しいだろう。

俺のバイト先の選択肢《せんたくし》が増えたな……。

スベリヒユの面々も去っていき、今度は隼人が控室に顔を出した。

「俺、正近くんに一生ついていきます」

「突然だな……」

「だってやばいじゃないすか！　なにあの対応力！　男でも惚《ほ》れますって！」

「誰でもできるよ」

「なわけないっすよ」

萌仲に続き、隼人も元気だなぁ。

生徒会長ならあのくらいできないと、これからやっていけない。

それこそ……葛原《くずはら》センパイなら、萌仲に任せずとも一人で掌握《しょうあく》してみせただろう。

「隼人くんが惚れた……ライバル出現!?」

萌仲が小声でなにか言っているがスルーする。

「隼人もカッコよかったよ」

「あ～、見てたんすか？　恥ずかしい」

「恥ずかしがることない。隼人が努力した結果だ」

「それが恥ずかしいんすよ。認めてほしいのは努力じゃない」

隼人は力なく机に寄りかかり、自虐《じぎゃく》的に笑った。

「精一杯やったし、今の俺のベストを出せました。だからこそ……まだまだなって実感しました。こんなんじゃ、るい先輩には追いつけない」

「じゃあ諦めるのか？」

「まさか」

素人目《しろうとめ》には素晴らしいバンドだったと思うが、隼人からしたらまだ足りないらしい。

おそらく、目標が高いのだ。理想とのギャップに苦しめられている。

だが、それが悪いこととは思わない。成長するためには必要な苦しみだ。

隼人も挫《くじ》けてはいないみたいだし。

「追いつくまでやってやりますよ」

「その意気だ」

「ぜひ、また見に来てください」

「おう」

拳をこつんと合わせる。

いい後輩を持ったな。生徒会の一年生はいい子ばかりだ。

「あの～」

男同士のやり取りに入れずにいた萌仲が、横から首を伸ばした。

「私は努力を認めてほしいタイプです！」

そう言って差し出したのは、試験表だ。……正直、すっかり忘れていた。

俺は隼人と顔を見合わせて、同時に噴き出した。

「なに言ってんすか、萌仲ちゃん。文句なしに合格っすよ」

「ほんと？　ありがとう隼人くん！」

生徒会庶務《しょむ》になるための試験。

六つある記入欄《らん》のうち二つ目が埋まった。

05

五章　生徒会副会長　片瀬山るい

Tameguchi
kouhaiGAL ga natuitara
sasugani
kawaisugiru

私、片瀬山《かたせやま》るいは自分で言うのもなんだけど、充実した高校生活を送っている。

今日も朝から、私の席の周りには友達が集まっている。

「るい、この前のライブ動画、ユーチューブで見たよ！　やっぱ歌上手《うま》いよね～」

「ありがと～。動画公開なんてするレベルじゃないからやめてって言ったんだけどね－」

「そんなことないよ！　あれは日本人全員見るべき！」

友達の言葉に、他の子たちも口々に同意する。

別にプロというわけじゃないし、プロを目指してもいない。だけど褒《ほ》められると、やっぱり嬉しい。

気の許せる友達に囲まれて、部活も頑張って、生徒会にも入っている。すごく充実した高校生活だ。

たまたまこうなったわけではなくて、入学当初から充実させようと頑張ってきた。

なるべくいろんな集まりに顔を出して、友達とも目一杯遊んで、軽音部にも真剣に取り組んで。

私がやってきたことの結果が、今の充実だ。

「ていうか、また告白断ったんだって？　ほら、テニス部の先輩の」

「うん、今は部活で忙しいからね」

「またまた～。可愛《かわい》いしモテるんだから、彼氏作ればいいのに」

いし。
彼氏なんて作ったら、今の充実感が壊れてしまう。だから、作らない。彼氏に縛《しば》られたくな
ントを取っているだけなんだから。一つくらい、負けているところを作ってあげないとね。
いたずらに友達の自尊心を刺激しても仕方ない。彼女たちは、私に彼氏がいないことにマウ
ここで否定しても嫌みになるだけ。
「うーん、今はいいかな」

それにしても、みんな恋バナ好きだなぁ。

私は今日も興味あるフリだけして、彼女らの邪推を受け流す。

我ながら、自分の性格が悪くて嫌になる。でもそれは、表に出さない。

完全無欠の美少女。それが私なんだから。

だけど……なんだろう、この物足りなさは。

彼氏を作っても、この胸の穴は埋まりそうにない。

「あっ、そういえばあの子は？　ほら、るいに猛アタックしてる後輩くん」

「隼人《はやと》？　いい子なんだけどねえ」

「ダメかぁ。じゃあ生徒会長は？　仲いいじゃん」

「そんなに仲いいかな？　割とビジネスライクだよ、私たち」

「わっ、かわいそ～。るいに友達認定されてないじゃん」

「もちろんみんなは友達だよ〜！」

おどけて抱きついてみせる。

そう、この子たちは友達だ。私の高校生活を充実させるための。

充実していないと不安だから。

世間一般でいう幸せを追い求めることでしか、私は自分を保てないのだ。特にしたいことなんてないんだから。

つくづく、自分が嫌になる。

「やっぱり、るいはあの人かなぁ。ふふっ、葛原《くずはら》先輩？」

「えー、かいちょ……葛原先輩？」

「ほら、否定しないじゃん。もうすぐ卒業しちゃうし、ライバル多いぞー？」

鬼の首を取ったように、みんなが笑う。

「そんなんじゃないし」

「またまた〜。顔赤いよ。るい、意外と素直で可愛い」

みんなも素直で可愛いよ。こんな簡単に騙《だま》されてくれるんだから。

「おっ、噂《うわさ》をすれば」

友達の一人が、教室の前扉を見る。

そこには前生徒会長、葛原先輩がいた。

「るい！」

彼は私を親しげに呼んで、手を振る。

きゃー、と女性陣から黄色い声が上がった。

「会長！」

みんなの期待通り、私は嬉しそうに立ち上がる。

今日の噂話は、私のことで決定かな。

完全無欠なだけじゃダメだ。アイドル的存在の先輩に叶わぬ恋をしている。そのくらいの愛《あい》嬌《きょう》は必要。

「辻堂《つじどう》といい、なんで僕のことを会長って呼ぶのかな」

「私の中では、いつまでも会長なんです」

「あはは、辻堂とまったく同じこと言うんだね」

そう言われて、少しムッとする。

慌てて、笑顔を貼り付ける。危ない危ない。そんな表情、私には似合わないよね。

「あはっ。君は辻堂が絡む時だけ、素を出すよね」

「なんのことでしょうか？」

「そういうことにしておこうか。ところで、話したいことがあるから場所を変えよう」

「……？　わかりました」

葛原先輩に連れられて、教室を出る。ああ、あとで友達にイジられるなぁ。

彼とともに階段を登っていく。

三年生は最上階だ。だが、三年生の階を越えても、足を止めない。

「内緒話《ないしょばなし》の場所は屋上ですか？　立ち入り禁止ですけど」

「屋上には生徒会の備品室があるからね。職務上必要なことだから仕方ない」

「あら、いつもそうやって女子生徒を連れ込んでいるんですか？」

「なんのことだか」

今度は葛原先輩がとぼける番だった。

実際、屋上にある備品倉庫には何度も行っている。生徒会役員なら、先生も快《こころよ》く鍵《かぎ》を貸してくれるのだ。元会長である彼も同じだと思う。

そんな場所で二人きりになる心配は、彼に関しては一切ない。

前会長時代に何度も二人きりになったけど、手を出す素振りは一度もなかった。それはそれで悔《くや》しいけれど、彼はそんなリスクを取る人じゃない。

私に手を出すまでもなく、言い寄ってくる女性はたくさんいるのだから。

「それで、なんのお話でしょうか？　よくある告白のシチュエーションですけど」

屋上に出て、風を浴びる。空は快晴だけど、冬場では少し……いやかなり寒い。

「それは魅力的だね。屋上で告白できるのも、生徒会役員の特権だ」

私たち以外には誰もいない屋上で、にこやかに言う。

「でも君を呼んだのは他の理由だよ。……最近の辻堂のこと、どう思う？」

「会長も恋バナですか？」

「違うよ。わかるでしょ」

わざわざ呼び出して恋バナをしに来たわけではないことはわかる。

でも、質問の意図は摑《つか》めなかった。

「正近《まさちか》は、生徒会長として頑張っていると思いますよ。まだ始まったばかりなので、なんとも言えませんが……正近なら大丈夫だと思います」

嘘偽りのない本心だった。

正近は優秀だ。そして、責任感が強い。

彼が会長でいる一年は、大きな問題は起きないだろう。去年一緒に生徒会活動をしてきて、そう確信している。

「そうだろうね」

「まあ、会長とはタイプが違いますが」

葛原先輩は、カリスマ性とリーダーシップで執行部を引っ張るタイプだった。

対して正近は、実務能力に特化している。

どちらが良い悪いという話ではないけれど。

「心配ですか？」

「まあね。僕ももうじき卒業しちゃうからさ。その前にできることはしないと」

「それ、正近が聞いたら余計なお世話だって言うと思いますよ」

「あはは、僕と彼はあまり気が合わなかったからね」

それは、役員として傍で見ていたから知っている。

私はどちらかといえば、葛原先輩につくことのほうが多かった。別に正近が嫌いなわけではなかったけれど。

「るいはさ、辻堂についていきたいと思う？」

「……どういう意味ですか？」

「辻堂の下で満足なのかなぁ、と思って。君、そんなに辻堂のこと認めてないでしょ」

意地悪な質問だ。

私は別に、上とか下とかに興味はない。所詮《しょせん》、役職の違いだ。

ただ私は、充実さえしてれば……。

「生徒会長になれば、もっと充実するよ」

私の心を見透かしたように、彼は言った。

「いやさ、最近の辻堂は目に余るんだよね。先生と騒ぎを起こしてみたり……お気に入りの女の子を、役員にしようとしてみたり？」

「……気に食わないなら、会長が否認してください。そのために会長も試験官に加えたんですから」

「それでもいいんだけどね。その試験の話を聞いて、面白いこと思いついちゃって」

葛原先輩は、屋上を囲うメッシュフェンスに指をかけ、校庭を見下ろした。

それはまるで、全生徒を見下しているみたいで、ぞっとする。

「僕はるいのことを評価してるんだよ？　一番、僕に尽くしてくれた」

「会長の方針に従うのが役員ですから。今もそれは変わりません」

「いいね、そういう立ち回りの上手《うま》さは好きだ」

「告白ですか？」

「そうやって、話が悪い方向に進まないようにする会話術も、ね。でも告白よりはプロポーズに近いかもしれない」

葛原先輩は振り返り、私に手を差し出した。

「生徒会長の座、奪っちゃおうよ」

放課後になっても、葛原先輩の言葉が忘れられなかった。

その後に聞かされた計画も。

「はぁ……」

私しかいない生徒会室で、深く溜息をつく。

「生徒会長、かぁ」

横目で会長席を見る。といっても、高い椅子《いす》だったり、会長しか座っちゃいけないわけではない。でも慣例的に、窓際の全体を見渡せる席は、生徒会長が座る。

葛原先輩は、あの椅子を奪えというのだ。

どちらが会長になるかは、選挙の前に二人で話し合った。私は夏から軽音部の部長もしているし、正近なら任せて大丈夫だと思ったから、私から譲《ゆず》った。

でも、前会長の葛原先輩のように正近を慕《した》っているかと聞かれれば、頷《うなず》けない。

だからといって、生徒会長として相応《ふさわ》しくないとは言わないけど……私ならもっと上手くやれるという気持ちがないわけじゃない。

葛原先輩には、見透かされていたのだと思う。

まったく。あの人は悪い人だ。本当に。

せっかくの私の平穏で充実した高校生活を、壊そうとしてくる。

でもなぜだろう。……わくわくしている自分がいた。

「し、失礼しま〜す」

扉が半開きになって、ひょこっと女の子の顔だけ入ってきた。

大庭萌仲《おおばもなか》ちゃん。正近が庶務《しょむ》にしようとしている子だ。

「入っていいよ」

「はいっ」

ガチガチになって、萌仲ちゃんが生徒会室に入ってくる。

改めて見ると、本当に可愛《かわい》い子だ。顔は整っていて、金髪もよく似合っている。

緊張している姿も可愛らしい。

正近が傾倒するのもわかるなぁ。あの堅物《かたぶつ》を落とすなんて、なかなか有望な子だ。

「ふふっ、座っていいよ」

彼女を呼んだのは私だ。他の役員には、今日は来ないように言ってある。

「私、生徒会副会長片瀬山るいの試験は……」

ぴんと背筋を伸ばして座る萌仲に、私は笑いかける。

そんな怖がらせることとしたかなー。私、結構女の子受けいいタイプなんだけど。

「はい！」

「面接です」

「はい！　……めんせつ？」

彼女は既に、茉莉《まつり》ちゃんと隼人の試験を終えたらしい。

試験といっても、私が気まぐれに言い出しただけのものだ。

でも思ったより、後輩二人は真面目《まじめ》に試験したらしい。正近から聞いた。

「そんなに固くならなくていいよ。ゆるく話そうよ。私は不合格にするつもりなんてないし、ね」

「そうなんですか！」

萌仲ちゃんは、目に見えて表情が明るくなる。

私が不合格にするわけないじゃない。試験を提案した私が落としたら、角《かど》が立つ。

「面接にしたのはね、萌仲ちゃんと二人でゆっくり話したかったからなの。ほら、仲間になるなら、人となりは知っておきたいでしょ？」

「なるほど！　あの、私も先輩と話したかったです」

「あら嬉しい」

「なんか、お姉さんって感じで憧れます！」

「褒《ほ》めても合格しか出ないよ～」

「合格は出るんですね」

生徒会室に入ってきてから初めて、萌仲ちゃんに笑顔が浮かんだ。

ああ、いいかも。この子が隣にいれば、結構楽しそう。

もう少し警戒を解かないといけないけどね。

「面接と言ってみたはいいけど、なに話そう？」

「えー、志望動機とかですか？」

「それはだいたい知ってるよ～。正近が好きだから、でしょ？」

私も結構、恋バナ好きなのかもしれない。

冗談めかして言ってみると、萌仲ちゃんは目を逸《そ》らさず頷いた。

「はい。やっぱわかります？」

「あんな恋する乙女《おとめ》の目で正近のこと見てればね～。ねえねえ、どんなところが好きなの？」

「え～」

好きなのか聞いた時は動じなかったのに、理由を話すのは恥ずかしいんだ。

萌仲ちゃんは頬《ほお》を茜色《あかね》に染めて、もじもじとネクタイを弄《いじ》った。

「センパイ、三回も私のことを助けてくれたんです」

「助ける？」

「あっ、一回目はたぶん覚えてないんですけどね。入試の時と、退学させられそうになった時と、その後と……。口では自分のためとか生徒会長だからとか言いながら、自分の身を顧《かえり》みずに」

具体的な内容は言わなかったけど、状況はなんとなく想像がつく。

正近はそういう人だ。保身だらけの私とは大違い。

「私じゃなくても助けてくれたと思います。でも、私を助けてくれたのはセンパイだけだった」

「それは、好きになっちゃうね」

「あ、でもそれだけじゃないですよ？　最初は助けてくれたから気になるな～、くらいで……一緒にいるうちに、もっと好きになっちゃいました」

えへへ、と照れ笑いする萌仲ちゃん。

すごい素直だ。真っ直ぐで、羨《うらや》ましい。

「庶務になれば、もっと一緒にいられるかなって……。こんなの、役員には相応しくないですよね」

「別にいいんじゃない？　仕事さえちゃんとやれば」

「もちろんちゃんとやります！」

「おっけー。正近なんて内申点《ないしんてん》のためって公言してるんだから、きっかけなんてなんでもいいんだよ」

私もそんな大層な志《こころざし》があるわけじゃないしね。

だから庶務を増やすって話も、取り立てて反対するものでもない。

人手はいくらいても足りないくらいだ。

ただ……そうだね。

葛原先輩が言うように、正近の思い通りになるのが嫌だっただけかも。

「でも正近は大変だよ～？　ほら、お父さんのことでちょっと拗《こじ》らせてるでしょ、彼」

「お父さん……？」

「あ、知らないんだ。じゃあなんでもない」

萌仲ちゃんがきょとんとする。そっか。まあ正近は、人に弱みを見せるのを嫌がるもんね。

正近のお父さんが会社で壊されたのは、およそ一年前の話。私と正近が生徒会役員になったばかりの頃だ。

最初は見ていられないくらい落ち込んでいて、その時に詳しく聞いたのだ。

今は吹っ切れたように見えるけど、むしろ逆。

トラウマとして、彼の人格にこびりついてしまっている。

でも結局、正近は正義を捨てられない。……私はそんなところに嫉妬《しっと》して、彼を認められないのかな。

自分のためと言いながら他人のために動く正近とは対照的に、私は利他を演じながら、自分のことしか考えていないから。

「ふふっ、でもセンパイが変な人なのは知ってます。そんな今のセンパイが私は好きだから、過去になにがあったかは関係ないです」

「そっか」

つまらないの。ちょっと意地悪したのに、全然効いてないや。

「じゃあさ、もしだけど……」

葛原先輩に言われたこと。ちょっと考えてみてもいいかもしれない。

「生徒会長が正近じゃなくても……生徒会役員に正近がいなくても、庶務になりたい？」

「……え？」

「ごめん、意味のない質問だったね」

普通なら、必要のない仮定だ。

正近は現に生徒会長で、萌仲ちゃんは彼がいるから入りたいのに。

……私がもし生徒会長になったら、茉莉ちゃんはついてきてくれるだろうか。

隼人は大丈夫だろう。あの子は、私に憧れているから。

「はい、じゃあ面接終わり。試験表出して」

「合格でお願いしますっ」

「もちろん」

不合格にはしないよ。私はね。

葛原先輩がどうするかは、知らないけれど。

「あと三人、頑張って」

「はい！」

私はサインした試験表を返しながら、白々しくそう言った。

06

六章　生徒会顧問　鵠沼莉子

Tameguchi
kouhaiGAL ga natuitara
sasugani
kawaisugiru

らいだ。

二月になった。

卒業式に向け、生徒会役員が本格的に動き出す時期だ。

前日、当日はかなり忙しい。送辞を読むという明確な役割のある俺が、ある意味一番楽なくらいだ。

それくらい、やることは多岐《たき》に渡る。

役員が生徒会室に集まり、会議を開始する。

「ねえ正近《まさちか》、開場準備は誰がやる？」

「そうだな……俺と隼人《はやと》かな。体育委員長に、体育委員会と運動部の動員を依頼しておこう」

「椅子《いす》並べるの結構大変だもんね。お願い」

話の中心は、去年の経験がある俺と片瀬山《かたせやま》だ。

開場準備は椅子を並べたり、壁を彩ったり、カーテンを卒業式仕様にしたり、垂れ幕を設置したりと、とにかく人手が必要だ。体力も要るため、運動部が適任だろう。俺と隼人は全体指揮だ。

「うへ、卒業式ってなにげに忙しいんすね」

資料を見ながら、隼人が顔をひきつらせる。

隼人と川名《かわな》には、来年の卒業式のために勉強してもらおう。といっても、川名は既に資料を読み込み、ある程度把握《はあく》しているようだが。

一応、萌仲《もなか》も同席している。だが端で大人しくして、口は挟んでこない。

そういえば昨日、片瀬山の試験も終えたらしい。すぐに会議が始まったから、詳しいことは聞いていないが。

「片瀬山と川名は受付の準備だな」

「わかりました。廊下《ろうか》のデコレーションと掲示物の撤去《てっきょ》はどうしましょうか」

「それも頼めるか？　人手は図書委員と文化祭実行委員から募《つの》ろう。こちらも終わったら合流する」

「わかりました」

卒業式で動くのは、生徒会役員だけではない。人手の要る事前準備には、それに各委員長を足した生徒会執行部と、各委員会の協力も不可欠だ。

他にも花束や胸に付けるバラの搬入や仕分け、贈呈品の準備など、細かい作業はたくさんある。

「当日は、片瀬山と隼人で受付だ。俺と川名は来賓《らいひん》の対応をする」

「るい先輩と二人！　楽しくなってきましたね」

ガッツポーズをする隼人は「はいはい」と片瀬山にあしらわれている。相変わらずだな……。

卒業式当日は、もちろん先生方も動くが、受付などは執行部の仕事だ。

先生は先生で、父兄の案内など、めちゃくちゃ忙しい。

卒業生の晴れ舞台だ。なにか問題があってはまずい。

一通り話したあと、一息ついて資料を置いた。

「って感じでいいですか？　鵠沼《くげぬま》先生」

「ん？　なぜ私に聞くのかしら？」

「いや、顧問《こもん》なんで。むしろなんのためにいるんですか？」

腕を組んで、意味ありげに頷《うなず》いていた鵠沼先生を見る。

こうして黙っていると、物凄《ものすご》くやり手の女教師に見える。見た目だけ。

「愚問ね。……生徒を見守っているのよ」

「サボってる暇あるんですか？」

「いいじゃないの！　どうせ今日も残業なんだからちょっとくらい！」

「……じゃあ、ちょっとくらい意見ください」

「えっと……今どこまで話したのかしら。卒業式の日程？」

「全然聞いてねえ」

この人、なんで生徒会顧問やってるんだろう。たぶん押し付けられたんだろうけど。

いや、話しかけた俺が悪かった。

この人は置物だと思おう。

「莉子《りこ》先生は、私たちを信頼して任せてくれてるんですよね～？」

「そう！　その通りよ片瀬山。私はみんなを信頼している！」

「さすがです！　生徒会長に全権を委任《いにん》するなんて、相当信頼していないとできないですよ。そうやって私たちを成長させようとしてるってことですよね」

「え？　ええ、その通りよ。辻堂《つじどう》、全て任せたわ！」

鵠沼先生が片瀬山に手玉に取られている。ちゃっかり言質《げんち》取ってるし。

片瀬山が俺にウインクする。怖い。

「さすが莉子ちゃん先生！」

「くげぬーナイス！」

隼人と萌仲は、よくわかってないまま鵠沼先生を褒《ほ》める。先生も、それに気持ちよくなって高笑い。

不安そうにしているのは、川名ただ一人だ。

「大丈夫なんでしょうか……？」

「去年からああだから、慣れといたほうがいい。責任重大だな」

まあ変に口出しされるよりはいいか……。

これでも、本当にヤバい時は助けてくれるはずだ。……助けてくれるよな？

不安なので、そんな事態にならないように頑張ろう。

「……まあ、先生のことは置いておいて。卒業式はだいたいこんなもんかな」

まだ細部を詰める必要はあるし、準備も色々ある。だが、大まかな見通しはついた。

当日まで、じっくり準備していけばいい。

「ははは、さすが私の生徒たち！」

「あんたも少しは働け」

鵠沼先生が、なにもしていないのに威張っている。

……いや、教師としての仕事はしているのだと信じたいが。

萌仲が勘違いしていたように、生徒会室以外では評判のいい先生みたいだし。

「そうだ、辻堂。ちょっと来てちょうだい」

「俺ですか？」

ちらっと片瀬山を見る。

「おけ、あとはこっちでやっとく」

俺がなにか言う前に、片瀬山がそう親指を立てた。

「別に、打ち合わせは終わったし帰っても大丈夫だぞ。残りは今日じゃなくても」

「んー、せっかくみんな集まってるし、もうちょっとやっとこうかな」

「それもそうだな。じゃあ、任せた」

片瀬山がいれば、俺が出ていっても大丈夫だろう。

俺は鵠沼先生に向き直って、目を細める。

「で、なんの尻拭《しりぬぐ》いですか？」

「なぜ尻拭いだと決めつけてるの？」

「胸に手を当てて考えてみてください」

過去の積み重ねである。

「今回は違うわよ！　あと、大庭《おおば》も一緒に来て」

「？　わかりました！」

鵠沼先生に呼ばれ、萌仲が小走りで駆け寄る。

三人で生徒会室を出て、廊下に出た。振り返らず歩く鵠沼先生を追って、適当な空《あ》き教室に通される。

「三者面談？」

「うちの娘がいつもご迷惑を……」

「センパイパパがいつもうるさくてすみません」

要件がわからないので、二人で呑気《のんき》に茶化す。

てかセンパイパパって単語なに……？　あと俺は父親になっても、絶対に学校にクレームなんていれないぞ。……たぶん。

俺たちが椅子に座っても、鵠沼先生は微妙な顔をしている。

「……で、なんです？」

「あー、えっと、新しい生徒会はどう？」

「なんですか突然。顧問ヅラしたくなりました？」

「顧問だもの」

「……特段問題は起きていませんね。まだ始まったばかりですし」

強《し》いて言えば、萌仲の件くらいだ。

試験については鵠沼先生にも伝わっているはずだ。そのことを聞きに来たのだろうか。

そう勘ぐるも、彼女の口からは別の名前が出てくる。

「そう？　例えば、片瀬山とか」

「片瀬山ですか？　心配なんて失礼になるほど、上手《うま》くやってくれてますよ」

そんなこと、前体制の時から知っている。

しばらく俺一人でやっていたのだって、別に生徒会行事がなかったからだ。

「役員の仕事はそうでしょうけど、例えば、辻堂との関係とか」

「普通に今まで通りだと思いますけど」

「そう？　ならいいのだけど……」

特段、彼女との関係性は変わっていない。

友人ではなく仕事仲間として、仲良くやっているつもりだ。

そう断言できるけど、鵠沼先生はどうにも歯切れが悪い。

「私から見ても、普通だと思うよ？」

「ちなみに、大庭に対しては？」

「けっこー優しい、と思う。少なくとも、出ていけ～、って感じではないかな！」

萌仲の庶務《しょむ》就任には消極的だったものの、試験を提案してくれたのは片瀬山だ。

生徒会役員の仕事には一線を引いているが、空き時間には萌仲と楽しそうに話している姿もよく見る。ファッションなどの趣味が合うのか、傍目《はため》から見ると仲の良い友だちのようだ。

「……片瀬山からなにか俺に対するクレームとかありました？　もしくは、萌仲を排除してくれ、みたいな依頼とか」

「い、いえ！　そういうわけではないわ！　うん、クレームも依頼も一切ない」

「否定が強すぎてむしろ怪しいんですが」

「ほ、本当よ。私が信じられない？」

「むしろ今まで信用されてると思ってたんですか？」

とはいえ、悪意を持って嘘を吐くような人ではない。なにせ、助けを乞《こ》うためには生徒にも頭を下げる教師だ。そこは信用できる。

「最近、辻堂が度を越して冷たくなってるわね……」

「センパイ、さすがにくげぬーが可哀《かわい》そうだよ」

「大庭……！　わかってくれるのは大庭だけよ！」

落ち込む鵠沼先生を、萌仲が慰める。

あまり甘やかすな、調子乗るから。

「で、実際なにかあったんですか?」

「なにもないならいいのよ、ほんとに」

訪ねても、彼女の返事は要領を得ない。

「葛原《くずはら》が適当に言ってるだけかしら……」

ぼそっと、俺たちに聞こえないくらいの声でなにか言う。

かすかに葛原と聞こえたが、前会長がなにか吹き込んだのだろうか。

「心配しなくても、俺たちは大丈夫ですよ。先生は自分の心配をしてください。そして俺たちに心配させないでください」

「そんなに私を気にかけてくれるなんて、良い生徒を持ったわ……」

「物は言いようだな、おい」

結局なにを聞きたかったのか不明だが、どうせ大したことではない。

「話が終わりなら失礼しますが」

「……行っていいわよ。あ、大庭は借りるわね」

俺と一緒に立ち上がろうとした萌仲を、鵠沼先生が呼び止める。

「ちょうど雑用……じゃなかった。せっかくだし試験とやらをやってしまいましょう!」

「わーい！　よろしくお願いします！」

はっきりと〝雑用〟と聞こえたが、まあ試験をやってくれるというなら任せよう。

俺は二人を空き教室に置いて、生徒会室に戻る。

「おかえり～。なにか問題でも起きた？」

生徒会室でパソコンを操作していた片瀬山が、開口一番にそう聞いてきた。隼人と川名の姿はない。

たいがい、片瀬山も鵠沼先生に対する信頼がない。

「さあ？　よくわからなかったな」

「ふふ、そうなんだ」

「隼人と川名は？」

「思ったより作る書類が多かったから、情報室に予備のノートパソコンを取りに行ってもらってる」

「そうか」

すぐ戻るだろうが、不意に片瀬山と二人きりになった。

意外と久しぶりかもしれない。

前体制の時は、よく二人で残って雑用をしていたものだ。主に鵠沼先生の。

「なんだか、すでに懐かしいね、この感じ」

俺の心を読んだかのように、片瀬山が笑う。

彼女には、俺が父親のことで弱っていたところも見られている。

だからだろうか。片瀬山の前では、少しだけ気を抜ける。

「鵠沼先生には困っちゃうよね」

椅子《いす》に座る俺と背中合わせに立ち、片瀬山が軽く寄りかかってきた。後頭部に、彼女の背中の感触がある。

「ほんとだよ。毎回トラブル持ち込んできやがって」

「去年も色々あったよねえ。それを会……葛原先輩が安請け合いしてさ」

「対処するのはだいたい俺たちだったな」

「普段の仕事でも、私と正近が競うように働いてたよね。いつも、正近のほうが仕事早かったけど」

「得意分野の違いだ。関係各所との調整は、片瀬山に任せきりだったよ」

「そうかもね。……あはっ、昔を懐かしむにはちょっと早かったかも」

二人きりの生徒会室で、思い出話に花を咲かせる。

顔は見えないが、どんな表情をしているかは概《おおむ》ね想像がつく。

こうして余計な話をする時は、なにかを悩んでいる時だ。

友人ではない。だが最も信頼している仕事仲間として、そのくらいのことはわかる。

少しの間、沈黙ができた。

やがて、背後で片瀬山が体勢を変えて、おそらくこちらを向いた。

片瀬山は、俺の首を締めるように、両手の細い指を後ろから添えた。

「ねえ、正近」

ガチャリと、扉が開く音がした。

「私が生徒会長になりたいって言ったら、どうする？」

扉が開いたことは気にせず、片瀬山がそう言った。

入口を見ると、川名が扉を開けたまま目を丸くしている。その後ろでは、ノートパソコンを数台抱えた隼人が固まっていた。

「えっ……副会長……？」

「るい先輩、なにを……」

二人が先に声を発してくれたおかげで、俺が答えるタイミングがなくなった。

片瀬山は俺からぱっと離れて、空気を弛緩《しかん》させた。

「なんて、ね。気にしないで。ほらほら、下校時間までみんなでがんばろっ」

片瀬山はけろっとして、俺たちに笑いかける。

「そう、だな」

俺はなにか引っかかったまま、そう頷《うなず》いた。

07

七章　生徒会長　辻堂正近

Tameguchi
kouhaiGAL ga natuitara
sasuganı
kawaisugiru

「なんか二人で帰るの久しぶりだね、センパイ」

「まあ、最近は卒業式の準備でばたばたしていたからな。みんなで帰ることが多かったし」

六時を過ぎると、駅までの道のりはスーツ姿の会社員が多い。

二月も中旬《ちゅうじゅん》に差し掛かった。

卒業式の準備も概《おおむ》ね見通しが立ち、ようやく落ち着いてきたところだ。

「ほんとだよ。センパイ、全然構ってくれないんだもん」

「むしろ、よく毎日来れるよな。暇なのか？」

「話せなくても一緒の空間にいたいのー」

萌仲《もなか》はまだ役員じゃないし、卒業式の準備についても、あまり任せることがない。

ずっと生徒会室にいるから、役員メンバーとも打ち解けてきたようで雑談している姿はよく見かける。だが、仕事モードの時は完全に手持ち無沙汰《ぶさた》だ。

「……気まずくなったりしないのか？」

「え、めっちゃ気まずいよ。ぜったい、なんでこの人いつもいるんだろう……って思われてるじゃん！」

「心臓強いな」

「センパイに思われてなければ大丈夫！」

「いや、俺もちょっと思ってた」

「えー。私がいて嫌だった？」

「……嫌ではない、かな」

「よかった〜」

薄暗い空の下で、萌仲がほっと胸を撫《な》で下ろす。

素直を通り越して、もはや俺を口説《くど》いているんじゃないかと思うくらいだ。

俺は相変わらず、彼女の言葉から逃げている。

「でも、早く本当の役員になりたいな」

空を見上げて、萌仲が言った。

スクールバッグから、クリアファイルに挟まれた試験表を取り出す。

「見て、もう四人埋まったんだ！」

「後は俺と前会長か」

「うん！　葛原《くずはら》先輩はね、るい先輩に聞いたら、まだその時じゃないって。タイミングを見て、セッティングしてくれるらしい！」

試験表には、既に四人のサインが書かれている。

川名《かわな》と隼人《はやと》の試験は、俺も同席していた。

片瀬山《かたせやま》の試験は、知らない間に始まって、気づいたら終わっていた。

だが、問題なく合格をもらえたらしい。

鵠沼《くげぬま》先生の試験は、空《あ》き教室で話した後に行われたのだろう。

あの時の先生の話、それから、その後の片瀬山の言葉……。

ひっかかる部分もあるが、未だ真意を問えずにいた。

「ふふふ、これで私が庶務《しょむ》になるのも、時間の問題だね」

「言っておくけど、庶務になるのがゴールじゃないからな？」

「もちろん。ちなみに、庶務って秘書と同じ意味？」

「全然違う」

「私、センパイの美人秘書になるね。そういうの憧れてたんだよね～」

そう言って、メガネをくいっと上げる仕草をした。

秘書のイメージが偏《かたよ》っているような……。いや、秘書じゃなくて庶務なんだけど。

たしかに庶務は他の役職と違い、明確な意味がないからイメージしにくいかもしれない。

だが、そもそも会計も書記も役職名通りの仕事をしているわけではないので、あまり気にしなくていい。

「さて、俺の試験はなにをしようか……」

「えっちなのはだめだよ？」

「ダメなのか？」

「えっ、やっ、だめではない、かも……？」

「しないけどな」

川名も隼人も、よくすぐに試験を思いついたものだ。

不合格にするつもりはないが、なにも試験をしないのもなぁ。一応、試験をすると決まったわけだし。

「片瀬山はどんな試験だったんだ？」

「面接！」

「へえ……そりゃシンプルな」

高校入試などでも面接はあるし、試験としてはオーソドックスだ。

「片瀬山と萌仲で面接か……どんな会話か全然想像つかないな」

「えっとね……」

萌仲が斜め上を見ながら思い出す。

しかし……。

「ふんっ」

みるみるうちに不機嫌になっていった。

「……説教でもされたか？」

「別に～。るい先輩は優しかったもん」

「じゃあなんで怒ってんだ？」

「怒ってないもん」

ええ……女の子ってわかんねえな。

知らないうちに地雷でも踏んだだろうか？

萌仲がチラチラ俺を見ながら、怒ってますアピールしてくる。

本気でキレてるというよりは……拗《す》ねてる？

「……お菓子食べるか？　奢《おご》るぞ」

「ふーん、私がお菓子で簡単に機嫌直ると思ってるんだ。食べるけど」

「食べるのかよ」

「奢ったからって機嫌直る保証はないからね！」

ドヤ顔で宣言しながら、いつものコンビニに駆け足で入っていった。

なんなんだいったい……。

仕方なく俺もコンビニに入り、萌仲がニコニコで持ってきたカプセルチョコを受け取る。

俺はホットのお茶を選び、レジを済ませた。

「お、私のためにお茶も買ってくれたんだ！」

「お前のためじゃないけどな」

支払いを外で待っていた萌仲に、カプセルチョコを渡す。

すぐ近くにある公園に移動し、二人でベンチに座った。

「おいし～」

「機嫌直ってるじゃん」

「あ！　ふ、ふんっ」

「無理に不機嫌にならなくても……」

相変わらず、不機嫌の理由はわからないし。

俺はお茶を喉《のど》に流し込みながら、萌仲が食べ終わるのを待つ。

「……センパイ、るい先輩と仲良いよね」

ぼそりと、萌仲が呟《つぶや》いた。

「ん、まあ去年から一緒にやってるからな。仲良いって言葉が相応《ふさわ》しいかは微妙だけど」

「ふーん。なんか、私よりセンパイのこと知ってるみたいだし？　私が教えてもらえないことも、るい先輩には教えるんだもんね」

言いながら、萌仲がチョコを舌先で舐《な》める。普段は三口くらいで食べ終わるのに。

なんの話か全然わからない……。

「二人の間に信頼関係みたいのあるし。るい先輩のことは全面的に信頼してる感あるし」

信頼関係。それはたしかにあるだろう。

片瀬山がどう思っているかはわからないけど、俺はたしかに、片瀬山の能力を信頼している。

任せれば必要以上の成果を出してくれるという信用が。

それは、去年一年間の経験に基づくものだ。

萌仲は、それが気に食わないのか。

「……俺に怒ってた感じ？」

「怒ってないし」

明らかに怒ってるけど……。

萌仲は俯《うつむ》き、ついにチョコを食べる手が止まった。下半分だけになったカプセルチョコが、手の中に取り残される。

ちらりと俺を見て、ベーっとチョコレートの付いた舌を出す。

「私よりお似合いの女の子が現れてヤキモチ焼いてるだけー」

萌仲が唇を尖らせる。力なく拳を振り上げて、隣に座る俺の膝を叩いた。

「るい先輩可愛《かわい》いし美人だし優しいし、人気者で大人で包容力あるもんね。センパイが好きそう」

「……ははっ」

「な、なに？」

ぷんぷん怒る萌仲が面白くて、思わず笑ってしまった。

ヤキモチ、ねえ。俺と片瀬山の関係がそんな風に見えてたのか。

どちらかと言えば、あいつとは気が合わないほうなんだけど。ただ、ここで片瀬山の悪口を言うのは違う。

萌仲は満足するかもしれないけど、その場しのぎの陰口なんて、俺が一番嫌うものだ。

「いや、面白いこと言ってるなって思って」

「私のヤキモチが面白いんだ」

萌仲がまた俯いてしまう。

俺はベンチから立ち、萌仲の正面に回ってしゃがみ込む。地面を見つめていた萌仲の顔を、無理やり覗《のぞ》き込んだ。

少し潤んだ瞳と、まっすぐ見つめ合う。

「違う。ヤキモチの内容が的外《まとはず》れだったからだ」

「え……？」

「俺が一番可愛いと思ってるのは萌仲だしな」

萌仲が口をぽかんと開ける。

俺の言葉はまだ止まらない。

「俺と一番仲が良いのも萌仲だ」

「ひゃっ……」

「俺が心を開いているのも、一番信頼しているのも萌仲だよ」

「や、せ、センパイ……」

萌仲の顔がどんどん赤くなっていく。

自分でもそれを自覚したのか、マフラーに顔を埋めて隠そうとする。

「それに、俺がす――」

「もうむり――っ！」

「むがっ……」

口の中に、食べかけのカプセルチョコを突っ込まれた。

言いかけた言葉は、チョコとともに口の中で溶けていく。

「センパイのばか！　セリフ甘すぎ！　これ以上聞いたら死んじゃう！」

俺は口の中が甘い。物理的に。

萌仲は手をうちわ代わりにパタパタと動かして、火照《ほて》った顔を冷まそうとする。

俺は急にチョコを押し込まれたせいで、すぐに喋《しゃべ》れない。

なんとか飲み込んで、お茶で流し込む。

「お前……、自分では散々言ってるくせに」

「自分で言うのはいいの！　言われるのは……照れる」

「わかった。もう言わないよ」

「やだ。たまには言ってほしい」

焦ったように俺の袖《そで》を摘《つま》んで、上目遣いで言ってくる。

「……気が向いたらな」

「うんっ！　でも、私の心臓も労《いたわ》ってね。言われすぎると止まっちゃうかも」

「怖い言い方だ」

「あ〜、未だにバクバクゆってる」

時間が経つと、俺も恥ずかしくなってくる……。

ベンチに座り直した。目を閉じて、気持ちを落ち着かせる。

なぜあんなにストレートに言ってしまったのだろうか。ほぼ告白じゃないか、こんなの。

しかも、最後に言いかけたこと。……勢いに任せて、なにを言おうとしてるんだ。

「あれ〜？　センパイもしかして、自分で言ったくせに照れてる？」

「気のせいだ」

「でも顔ちょっと赤いよ？　なんで私の目見ないの〜？」

「お前、自分が攻める側だとほんと生き生きしてんな！　さっきまで真っ赤だったくせに」

煽《あお》られたので、改めて萌仲と目を合わせる。

そして、どちらからともなく噴き出した。

「あははっ、なんかバカップルみたいだね」

「……いや、俺まで馬鹿扱いされるのは心外だ」

「ひどくない!?　悲しい」

萌仲は言葉とは裏腹に、満面の笑みでそう言った。

「私の機嫌は完璧《かんぺき》に直りました！」

「次からは自分で直すように」

機嫌悪いのも良いのもわかりやすいのは助かるけど。

萌仲の機嫌を直すのに、俺もだいぶダメージを負った気がする……。

「そういえば、片瀬山だけに教えてることってなんだ？」

そりゃ全てを萌仲に話しているわけではないし、中には片瀬山しか知らないこともあるだろう。

二人に限らず、人間関係なんてそんなものだ。共有している時間が別々な以上、全てを網羅《もうら》しているわけではない。

「知りたいことは聞いてくれれば教えるけど」

「ん……」

ベンチの背もたれに寄りかかり、萌仲が言いづらそうに切り出す。

「言いたくなかったら、ぜんぜんいいんだけどね」

「うん」

「その、センパイのお父さんがどうとか」

「あ〜……」

たしかに、片瀬山は知っていて、萌仲が知らないことだ。

あの件は、片瀬山くらいにしか話していない。それも、当時迷惑をかけたから説明しただけだ。

「大したことじゃないし、まあ積極的に人に話すことでもないけど……」

「なら、別にいいよ？」

「いや、萌仲には聞いてもらおうかな。滅多《めった》に話さないから、慣れてないのは勘弁してくれ」

空がどんどん暗くなっていく。

「親父《おやじ》がさ、ある日会社で不正を見つけたんだ。無駄に正義感のある人だから、それを正そうとして……上に潰された」

「そんな……」

「かといって、内部告発もしなかった。それをしたら、なんの罪もない従業員が不幸になるから。表沙汰《おもてざた》にせず、中だけで処理しようとしたんだ。欲張りだよな、全部上手《うま》く収めようとしたんだから」

本当にバカだと思う。

そんなことを頑張っても、損するのは、傷つくのは親父一人だけなのに。

「……別に面白くもない話だろ？　すまん、暗い空気にして」

「ううん、話してくれてありがと。なんて言えばいいかわからないけど……」

萌仲が言い淀《よど》む。

他人のトラウマに対する上手い返しなんて、俺も思いつかない。

安易な慰めをされても嬉しくないし、かといって笑い飛ばしていい問題でもない。

「……でも、そっか。センパイはお父さんに似たんだね」

「俺が親父に……？」

「だって、センパイも正義感に満ちてるでしょ？」

「まさか」

萌仲は、どうにも俺の性格を好意的に解釈している節がある。

「俺は正義なんかじゃない。言ってるだろ？　全部自分がしたいようにしているだけ。極めて利己的な人間だ。むしろ、親父を反面教師にしている」

「そんなことないもん。私を助けてくれたし」

「たまたまだよ。俺は親父みたいにはならない。自分の望む結果を得るためなら、他人なんてどうなってもいい。萌仲を助けたのは……俺は、正しい側が損をするのが嫌なだけだ」

全てを手に入れようとするから、親父は負けたのだ。

自分を勘定《かんじょう》にいれていないから、立ち回り方を間違える。己が損をすることを前提に組み立てるから、なにも得られない。

だから俺は決めたのだ。

正義なんてくだらない。利己的に、合理的に、自分が得をするように行動するのだと。

「ううん、やっぱ似てるよ。そっくりだと思う」

けれど、萌仲は首を横に振った。

「やめてくれ。親父は嫌いなんだ」

「センパイが嫌いなのは、自分でしょ？　だからそうやって、自分を悪者にしようとするんだ」

萌仲が、俺をまっすぐ見つめる。

「……そうかもしれない」

他人にいくら評価されても、それを素直に受け取ることができない。俺が信じられるのは結果だけ。その結果すら、いくら出しても満足できず、よりいい結果を求めてしまう。

自信ならある。それなりのことをやってきたという自負も。だが、好き嫌いは別の問題だ。

だから、萌仲が好意を向けてくれても、それに応えることができない。

仮に……萌仲と恋人になったとして。

俺はきっと、萌仲を傷つけるだろう。

究極、誰も信じていない俺だから。萌仲が向けてくれるだけの思いを、同じように返すことができない。

それでも、萌仲は俺のもとを離れようとしない。

「大丈夫。私はセンパイのこと大好きだから」

「……なにが大丈夫なのかわからんな」

「センパイがセンパイのことを嫌いでも、私が二倍……ううん、十倍、百倍の好きで埋めてあげる」

萌仲が、俺の膝に手をのせる。

「だから大丈夫。ね？」

「……別に、なにか困ってるわけじゃないからな」

「なら、困ったら私の言葉を思い出してね」

「わかった」

口ではそう言ったけど、萌仲のおかげで胸が軽くなったような気がした。

そうか、俺は萌仲のように、心から認めてくれる相手を求めていたのか。

彼女の隣が心地好いのも、それが理由かもしれない。

「よし、暗い話おしまい！　帰ろっか？」

ぱん、と手を叩いて、萌仲が立ち上がった。

「るい先輩にマウント取られたことのモヤモヤも消えたし！」

「マウントだったのか……」

「これで、るい先輩に負ける可能性はなくなったね」

「なんの勝負？」

俺のことをどれだけ知っているかってこと？

別に競うほど価値のある情報じゃないと思う……。

公園から出て、駅へと向かう。

「あっ、でもまつりんは強敵かも！　センパイ、まつりんみたいな小柄で守ってあげたくなる系の後輩好きだもんぜったい！　しかも頭良いし！」

「はいはい、そうかもな」

「がーん！」

芝居がかった仕草で、萌仲が頭を抱える。

「まつりんにおバカになってもらわないと」

「自分を上げるんじゃなくて相手を落とす作戦!?」

「私が勉強できるようになる可能性はないよ？」

「常識だけど？　みたいな顔で言わないように」

別に学力が対等になったからどうって話でもないだろうに……。

駅が見えてきた。二人とも電車通学だが、方向が反対だからここで別れる。

改札に定期券をかざし、中に入ったところで萌仲が立ち止まった。

「ねえセンパイ、お願いがあります」

「うん？」

「今度の日曜日、空《あ》けといてほしいです！」

「なんで敬語？　別にいいけど。なんかするのか？」

「内緒《ないしょ》っ。ぜったいだからね？」

「お、おう」

「ぜったいのぜったいだからね？」

「わかったって」

え、当日朝に突然呼びつける奴が、約束？

しかも内緒って。何事だろうか。

「やったっ。じゃあ、ばいばい！」

萌仲はガッツポーズしながら、跳ねるようにホームへ向かっていった。

俺は困惑したまま、取り残される。

「なんだかわからんけど……日曜日ね」

スマホのカレンダーを開き、予定を入力する。

「あ……」

ふと、来週月曜日の日付が目に入る。二月十四日……バレンタインだ。

そして日曜日は、バレンタインに一番近い休日。

「いやいや、落ち着け俺。期待しすぎるな」

バレンタインにそわそわするのは、全男子生徒に共通する行動である。

だが、期待して登校したのに獲得ゼロ……そんな悲劇が何度起きたことか。

でもさすがに……こんだけ仲良かったら期待していいよな？

内緒ってことはサプライズのつもり？　なら、気付かないほうがいい？

……余計なことを考えて、当日まで睡眠時間が短くなりそうだ。


そして……日曜日になった。

萌仲は学校で会うたび「約束覚えてる？」「日曜日だよ」「忘れたら泣いちゃうからね」などと繰り返し念押ししてきた。

おかげで、俺がなるべく意識しないようにしてたのに、無駄にそわそわしてしまった。

そのくせ、相変わらず内容は教えてくれなかった、当日のお楽しみだと……。

「で、集合場所のここって……」

呼び出されたのは、とある駅。

社内アナウンスに従って、電車を降りる。

この駅は、いつか聞いた……萌仲宅の最寄り駅である。

やや緊張しながら、改札に向かった。

「あ！　センパイ、こっちこっち！」

改札の向こうで、萌仲が手を振っている。

俺は軽く手を振り返して、改札を通った。

まばらに人がいる駅の中でも、萌仲は一際《ひときわ》目立っていた。

「センパイ、おはよっ」

「もう昼過ぎだけどな」

「じゃあ、こんにちは！」

会って早々にテンションが高い。

萌仲は温かな雰囲気《ふんいき》を纏《まと》った服装をしている。一部編み込まれた髪には赤いリボンが添えられ、華やかな印象だ。

白いコートを羽織《はお》り、その下には赤いワンピースとベージュのニットカーディガンが覗《のぞ》く。

「どう？　可愛《かわい》い？」

「聞かれる前に、先に言おうと思ったのに」

「えーっ。待ちきれなかった」

ニコニコしながら、萌仲が左右に揺れる。

「じゃあ私は聞いてないことにする！」

「残念ながら、時間は巻き戻せないんだ」

「戻すの！　センパイは、改札から出るところからやり直しね？」

「めんどくさ……」

「んん、じゃあ戻らなくていいから、言ってほしい。はい、どうぞ！」

萌仲はミニバッグを両手で後ろに持って、少し前かがみになる。じっと俺の目を見つめ、待ち構えた。

「可愛いよ」

「えへへ」

褒《ほ》められて、萌仲が破顔《はがん》する。

実際、いつもより気合が入っていて可愛らしい。笑った拍子に艶《つや》やかなグロスが目に入って、少しドキッとした。

そんな俺の内心に気づかず、萌仲は「んー？」と呑気《のんき》な顔をしている。

見てほしいという割に、俺の視線には気づかないらしい。

「で、今日はどこに行くんだ？」

「ふふふ、よく聞いてくれたね」

萌仲が腕を組んで、意味深に笑う。

「今日はなんと、私の家にセンパイを招待します！」

「……なんとなく、そんな気がしてた」

「うそ！　センパイが驚いてひっくり返るかと思ったのに」

「そんなバラエティみたいな反応するかよ……。だってここ、萌仲の最寄りだし」

「たしかに！」

予想はしていたけど、心の準備ができているわけじゃない。

女の子の家か……。俺が知っているのは姉の部屋くらいで、他には小学生の時に行ったくらいだ。この歳《とし》になって女の子の部屋に行くなんて……それこそ、恋人でもできない限りありえないと思っていた。

「あっ、心配しなくても大丈夫だよ！　ママは仕事だから、家に誰もいないし！」

萌仲が俺の沈黙をどう解釈したのか、手をぶんぶん振りながら言い訳する。

「ママに会わせて外堀埋めようとか、ちょっとしか考えなかったから！」

「考えたんだな……」

「検討《けんとう》したうえでやめたよ」

さすがに親に会うのは怖すぎる。

いや、会わずに家にお邪魔するのも、それはそれで問題な気もするけど……。

「うち、すぐそこだから」

萌仲が指先で、ちょこんと俺の袖《そで》を摑《つか》む。

「いこ？」

よく見ると、萌仲の指先が少し震えている。

緊張の面持《おもも》ちで、上目遣いに俺を見た。

「ああ、行こうか。手土産《てみやげ》とか持ってきてないけど」

「いらないよ。いきなり呼んだの私だから」

萌仲が俺の手を握り、引いて歩き出した。

……傍《はた》から見たら、ただのカップルである。

さっきの会話からして、俺が他人だったら付き合っていると確信するだろう。

「ママはね、駅前の商店街で美容室をやってるんだ」

「へー、経営者なのか？」

「うんっ。すごいでしょ。だからいっつも帰り遅いんだ～」

商店街を抜け、住宅街へと入っていく。

繁華街《はんかがい》と言うほどではないが、それなりに栄えた商店街だ。人口も多い地域なので、美容室の需要《じゆよう》も高いだろう。

萌仲は俺の手を握ったままだが、俺は振りほどくことはしなかった。

気恥ずかしいが、今日くらいは許そう。

服装も気合が入っていて、今日のために準備してきたみたいだし。

「だからね、センパイと会うまでは放課後暇だったんだー。帰っても誰もいないし」

そういえば萌仲の口から、父親の話が出たことがない。

もしかしてとは思っていたけど、母親はシングルマザーのようだ。

「……友達いないもんな」

「あーっ、それ言っちゃいけないんだよ～。それに、今はいるもん。まつりんとか」

「あとは？」

「センパイ」

萌仲が俺を指差す。

「仲良しだもんねー」

「そうだな」

友達。たしかに、俺と萌仲は先輩後輩というより、友達に近いかもしれない。

俺にとっても、萌仲は一番会話する相手だ。

少し前までは、後輩の女の子とこんなに仲良くなるとは思っていなかったけれど。

「着きました！」

萌仲が俺の手を離して、じゃーん、と手を広げる。

といっても、五階建てのマンションだ。まだ部屋には着いていない。

エレベーターに乗り、三階へ上がった。

萌仲が先導し、鍵《かぎ》を開ける。

「どうぞどうぞ」

「あ、ああ」

ここまで来て、緊張が最高潮に達した。

萌仲の部屋に入る？　しかも、二人きり？

俺は理性を保てるのだろうか……。

「お邪魔します……」

「邪魔じゃないよ～」

「ただの定型文だよ」

〝邪魔するなら帰って〟と返す関西圏の派生だろうか。

独特の返しをする萌仲に苦笑しながら、靴《くつ》を脱いで揃えた。

「私、ちゃんと片付けたよね？」

「知るか」

「心配になってきた！　ちょっと廊下《ろうか》で待ってて」

どたばたと、萌仲が先に入っていく。扉を開けて、おそらく萌仲の自室へと消えた。

俺は言われた通り、廊下でぼーっとしていた。人の家なので、下手《へた》に動けない。

少し経って、扉が開いた。

萌仲が顔だけ出して、手招きする。

「ど、どうぞ」

「あ、ああ」

萌仲に促され、彼女のいる部屋に入る。

扉が開かれた瞬間、ふいに甘い香りがした。柔軟剤なのかルームフレグランスなのか、緊張でうまく認識できない。

次いで、視界に可愛らしい部屋が映った。

萌仲らしい内装だ。

壁紙や家具は白く、落ち着いた、温かい雰囲気に包まれている。白いレースカーテンからは淡い光が差し込んでいて、ピンクのクッションやぬいぐるみなどが並んでいた。

ただ可愛いだけでなく、丁寧《ていねい》な暮らしを想像させる部屋だ。萌仲の繊細《せんさい》なところが表れている。

「ちょっと、じろじろ見ないでよ～」

「……すまん」

「これは、お詫《わ》びに今度センパイの部屋にも入れてもらわないとダメだね」

我が意を得たりとばかりに、うんうんと頷《うなず》く萌仲。

「俺の部屋なんて、なんの面白みもないぞ」

「ふふっ、私は楽しいと思うな～。まあセンパイ、ここ座って。コートもらうね」

萌仲がしゃがんで、クッションをローテーブルの前に置いた。

お言葉に甘えて、クッションの上に座り込む。

萌仲はコートを壁にかけながら、俺を見てにやける。

「なんか、センパイが部屋にいるって変な感じ」

「俺も落ち着かないな」

「自分の部屋だと思っていいよ！　なんなら、今日からここに住む？」

「いや、俺はもうちょっと静かな部屋で寝たいかな」

「私も寝る時は静かだよ!?　いびきとかしないし！」

萌仲がそうツッコミながら、少し遅れて首を傾《かし》げた。

「うん？　ていうか一緒に寝る前提？」

「あ……。いや、この部屋に住んだらそうなるだろ。萌仲の部屋なんだし」

「たいへん、センパイに妄想されてる～」

きゃー、と萌仲がわざとらしく仰《の》け反《ぞ》った。

「密室だからって変なことしちゃだめだよ？　襲うの禁止！」

「襲わねえよ……」

「でも、ちょっとだけならいいよ」

「ちょっとの加減を間違えたら大変なことになるからやめとく」

「ちぇー」

どうしろと……。

というか、襲うとか言うから変に意識してしまう。そう、ここは萌仲の部屋なのだ。

平静を保とうとする俺をよそに、萌仲が立ち上がった。

「お茶持ってくるね！」

「なにか手伝おうか？」

「いーのいーの。センパイはお客さんだから！」

萌仲が楽しそうに部屋を出ていった。

部屋の中に取り残されると、余計に緊張する。

見るなと言われた手前、あまり見回すのも気まずい。

漁《あさ》ってると思われたくないので、動くのも危険だ。

結果、俺は目を閉じて微動だにしないという選択を取った。

「……瞑想《めいそう》中？」

戻ってきた萌仲が、俺を見て疑問符を浮かべた。

「精神集中していたところだ」

「変なの～」

萌仲が俺の隣に座る。ローテーブルに置いたのは、二本のペットボトルのお茶。

「知ってる？　センパイ」

「ん？」

「お茶を淹《い》れるより、ペットボトルのほうが早いし美味《おい》しいんだよ」

「風情《ふぜい》もなにもねえな……」

まあ、そのほうが萌仲らしいな。

よく、わざわざ急須《きゅうす》でお茶を淹れるシーンをテレビで見るが……まあまあ面倒だからな。

隣り合ってクッションに座り、ベッドを背もたれに二人でお茶を喉《のど》に流し込む。

ほぼ同時にペットボトルから口を離した。

一呼吸置いたせいで、会話の糸口が見つからない。

「せ、センパイ」

「なんだ？」

「えと、な、なにかする？　トランプとか！」

「おお、いいな！　二人でできるゲームって限られてるけど」

いつも会話しているのに、なんだかぎこちない。

二人しかいない部屋。それも生徒会室と違って、完全にプライベートな空間だ。

「じゃあトランプじゃなくて、ゲームとか！」

「なにか持ってるのか？」

「持ってない……」

「ダメじゃん」

萌仲が膝を抱えて、顔を埋めた。

「だめ、だよね……。色々考えて準備したつもりだったのに……」

「あ、いや、別になにもしなくてもいいんじゃないか？　ただ話すだけでも」

こてん、と萌仲が膝ごと身体《からだ》を傾け、俺に肩を預ける。

「いつも通りも、好きだよ。でも私ね、センパイともっと仲良くなりたいの」

甘えるように、俺の肩に頭をのせた。

「……って、最近の私、情緒《じょうちょ》不安定すぎだよね」

「まあ、そういう時もあるだろ」

「嫌いにならない？」

「なるわけない」

萌仲を嫌いになるのは、相当難しいだろう。

こんなに懐いてくれる後輩が、嫌いなわけない。

もちろん、一人の女の子としても。

「よかった」

萌仲は顔を上げて、はにかんだ。

そんな当たり前のこと、わざわざ聞かなくてもわかるのに。

「でもね、嫌いじゃないだけじゃやだ」

「うん？」

「仲良しの後輩のままも嫌なんだ」

萌仲が真剣な顔で、俺を見つめる。

「センパイに、好きになってもらいたい」

「……俺は」

真っ直ぐな言葉。

初詣《はつもうで》で、萌仲が祈っていたことを思い出す。

『センパイと付き合えますように』

付き合う。それは、恋人同士になるということ。

ちょっと前の俺には、想像もできなかった。誰かと恋人になるなんて。

高校生にもなれば、周囲に付き合う人もたくさん出てくる。

でもそれは、全体からしたらほんの一部で。

俺には縁のないことだと思っていた。

……俺は、誰かと付き合っていい人間じゃないから。

自分のことばかり考えて、人に興味のない俺が、恋人なんて作っていいはずがない。

でも、萌仲のことなら……大切にできる気がした。

「待って。まだなにも、言わないで」

萌仲が、人差し指で俺の口を塞《ふさ》いだ。

「まだ聞きたくない」

萌仲の瞳が、小さく揺れる。

「今日呼んだのはね、センパイにアタックするためなの。バレンタインは明日だけど、放課後だとあんまり時間ないから。それに、誰よりも先に渡したいから」

萌仲がそう言いながら立ち上がった。足早に部屋を出ていく。

そして、背中になにか隠しながら戻ってきた。

「センパイ」

萌仲が俺の横に正座した。

俺はクッションを滑らして、身体ごと萌仲に向く。

「ハッピーバレンタイン。私からの本命チョコだよ！」

萌仲の背中から出てきたのは、ハート型の箱だった。手のひらサイズのそれに、ラッピング用の紐をリボン結びにしている。

そして『センパイ♡』と書かれたタグが付けられていた。

「受け取ってくれる？」

「もちろんだ」

両手で差し出された箱を、同じく両手で摑《つか》む。まるで、卒業証書を受け取る時のように。

本命チョコだと明言されて渡されたことに、胸が熱くなる。

萌仲はまだ、手を離さない。

彼女は口を開きかけて、また閉じた。ぎゅっと目を瞑《つむ》り、小さく頷く。

改めて、ゆっくり唇を開けた。


「センパイが好きです。付き合ってください」


そして、緊張の面持《おもも》ちでそう言った。

告白の言葉だ。今までの冗談混じりの言い方とは違う、真剣な言葉。

「返事はまだしないでほしい」

俺がなにか言う前に、そう被《かぶ》せた。

「……なんで?」

「センパイが色々悩んでるのを知ってるから。センパイが私のことをちょっとは好きで、優しいからきっとオッケーしてくれることも知ってる。断ったら、私が傷つくから」

萌仲は泣きそうな顔で、箱から手を離した。

「そのまま付き合うのも、きっと幸せだと思う。でも、センパイにはよく考えてからオッケーしてほしいの。私の勢いに負けたわけじゃなくて、センパイの意志で。……わがままだけど」

萌仲は正座した膝の上で、ぎゅっと自分の手を握る。

「だから、返事はホワイトデーの時にしてほしい。それまで私、頑張るから」

「……わかった。ホワイトデーには、必ず」

「うん！」

萌仲は満面の笑みで頷いた。

今返事をしたとしたら、俺は了承しただろうか。

きっと、するだろう。断る理由がない。

だけど、萌仲は自ら先延ばしにした。きっと、俺のために。

情けない。俺が日和見《ひよりみ》なばかりに、萌仲を苦しめてしまっている。

「しんみりした空気はおしまいっ。ささ、食べて食べて」

「……ああ。ちなみに、ちゃんと味見はしたか？」

「し、失礼な！　私、チョコにはこだわりがあるんだからね！」

「いつも同じチョコばっか食ってるじゃねえか」

いつものように冗談を言い合いながら、俺は箱を丁寧《ていねい》に開けていく。

箱を開くと、中にはチョコレートが六個、小さなカップに入れて並べられていた。

箱の裏には、ハート型のピックがマスキングテープで貼り付けられている。

「トリュフ、だっけ」

「せーかい！」

表面にココアパウダーがまぶされた、丸いチョコレートだ。

俺は箱裏に張り付いたピックを取り、チョコの一つに突き刺した。

「じゃあ、食べるぞ」

「うん！」

「……そんなに見られると食べづらいんだけど」

「動画撮ってもいい？」

「もっと食べづらくなるわ！」

「じゃあ目に焼き付けるね！」

萌仲が身体を前に倒して、じーっと見つめてくる。もはや瞬きすらしてない。

俺は諦めて、トリュフを一つ、口に運ぶ。

「どう？」

「まだ食べてねえ」

「早く食べてー」

口に入れると、最初にココアパウダーの風味と心地好い冷たさが舌を刺激した。

そっと歯を立て外側のチョコレートを割ると、滑らかなガナッシュが流れ出てくる。

ガナッシュは一気に口いっぱいに広がって、クリーミーな甘さとともにとろけていった。

「美味《うま》い」

「でしょー？」

萌仲が嬉しそうに、そしてほっとしたように頰《ほお》を綻《ほころ》ばせる。

「萌仲も食べるか？　美味いぞ」

「いや作ったの私だから！　もう一生分食べて、身体の半分くらいがチョコだよ」

「味見しすぎだろ」

「センパイに半端なものを渡すわけにはいかないからね。あげたのは、厳選されたトリュフだよ！」

相当作ったらしい。

なら、味わって食べないとな。なにせ、本命チョコなんだから。

「あー、ほっとしたらお腹空《す》いてきちゃった。お菓子持ってこよっと」

萌仲がお腹をさすりながら、立ち上がろうとした。

……その時。

「あっ……」

萌仲がバランスを崩して、身体が傾いた。

「危ない……っ」

俺は身体を軽く浮かせて、正面から倒れてくる萌仲を受け止める。

俺も不安定な姿勢だったから、そのまま後ろに倒れてしまう。まるで抱き合うような体勢で、床に寝転がる。

なんとか、頭を打つようなことはなかった。

「大丈夫か？」

「ご、ごめん……。ずっと正座してたから、足が痺《しび》れて」

まだすぐに動けないのか、俺と密着した状態で萌仲が苦笑する。

萌仲はそのまま、至近距離で俺を見つめる。

「えいっ」

そして、俺の肩を両手で押した。

腹筋だけで耐えていた俺は、当然カーペットに寝転がる形になる。

「なにを……？」

「ふふふっ。ちょっとラッキーって思って」

「……それは俺のセリフだけどな」

「わ、ヘンパイだ」

「変な略称を使うな」

軽く返しながらも、俺の胸は高鳴っていた。

萌仲は倒れた俺の腰に座って、体重をかけてくる。

「だめだなぁ、私。我慢しなくちゃいけないのに」

俺の頭の横に左手をついて、ぐっと顔を寄せた。

「どんどんわがままになっちゃう。センパイが欲しくなっちゃう」

「……襲うのは禁止じゃなかったっけ」

「私が襲うのはいいんだよ」

萌仲は右手で、髪を耳にかけた。

そして……ためらうことなく、唇を押し付けた。

柔らかい感覚が、脳内を駆け巡る。全身が、五感全てが、萌仲を感じていた。

唇が触れ合った状態で、超至近距離で目が合う。萌仲はゆっくりと瞳を閉じた。

「んっ……」

長い口づけだった。

俺は空中で遊んだままだった両手を、ゆっくりと萌仲の背中に回そうとする。

そして、指先が萌仲の背中に触れた……。

「だめーっ！」

萌仲が、がばっと身体《からだ》を起こした。

そして、慌てて俺の上から降りる。ベッドに飛び込んで、顔を枕に埋めた。

「なにやってんの私！　ばかっ、ばかセンパイ！」

「お、落ち着け！」

「センパイは落ち着きすぎ！」

足をばたつかせて、丁寧《ていねい》に折りたたまれた掛け布団を叩いた。

俺は落ち着いているんじゃなくて、処理が追いついてないだけだ。顔には出ないけど。

「これ以上は、だめ。ほんとにやばい。私が我慢できない」

枕越しのくぐもった声で、そんなことを言う。

「センパイ、もう帰って。ほんとにだめ」

「わ、わかった」

「素直に帰るな！　襲え！」

「どっちだよ……！」

「やっぱだめ！　帰って！」

うー、と呻《うめ》きながら、萌仲が大人しくなった。

顔はまだ上げない。だが、唯一見える耳が真っ赤に染まっている。

ベッドにうつ伏せになったまま、ぴくりとも動かない。

……正直、俺も危なかった。

あのまま萌仲がやめなければ、俺はなにをしていただろうか。

まだ告白の返事もしていないくせに。

「帰ってほしい。今日はもう、私が限界」

萌仲が顔だけ俺に向けて、絞《しぼ》り出すように言った。

「たぶん、後でなんで帰しちゃったんだろって後悔《こうかい》するけど」

「俺もなんで襲わなかったんだって後悔するよ」

「せっかくだし襲っとく？」

「馬鹿言うな」

やっと調子を取り戻してきた萌仲の頭を、軽く撫《な》でる。

「チョコありがとうな。残りは家でゆっくり食べるよ」

「……うん」

「それと、ホワイトデーな」

俺はハート型の箱を丁寧に戻して、カバンにしまった。

立ち上がり、ドアノブに手をかける。

「待っててくれ」

「うん」

ベッドに倒れたままの萌仲を置いて、部屋を出た。

靴《くつ》を履《は》いて、玄関を開ける。

後ろから、萌仲が走ってきた。

「センパイ！」

振り返ると、萌仲が満面の笑みで手を振っていた。

「ばいばい！　大好き！」

「……じゃあ、また明日な」

外に出て、最後まで見送っていた萌仲を見ながら、扉を閉めた。

がちゃり、という音と同時に、小さく呟《つぶや》く。

「俺も好きだよ」

萌仲には、聞こえていないだろうけど。

……明日、どんな顔して会えばいいのだろう。


そんな不安を抱えながら迎えた、翌日。

萌仲と顔を合わせたのは、登校して、昇降口に入ったところだった。

「センパイ……これ……」

挨拶《あいさつ》もそこそこに、萌仲が掲示板を指差す。

そこには……一枚の告示が貼られていた。

日付とともに『臨時生徒総会のお知らせ』という表題。
そして……書かれた文章に、全ての思考が消し飛んだ。
『生徒会会長の不信任決議案および再選挙について』

08

八章　元生徒会長　葛原大和

Tameguchi
kouhaiGAL ga natuitara
sasugani
kowaisugiru

放課後。生徒会室には役員だけが集まっていた。

萌仲《もなか》の姿はない。さすがに、今日は帰ってもらった。

「空気重いよ～。……って、私のせいか」

生徒会副会長、片瀬山《かたせやま》るいが乾いた笑みを浮かべる。

川名《かわな》は思い詰めた様子で俯《うつむ》き、隼人《はやと》は俺と片瀬山を交互に見ている。

俺は長机で片瀬山と対面に座り、腕を組んだ。

「片瀬山が生徒会長に立候補する……ってことでいいんだよな」

「うん。今週末の臨時総会でね」

あっけらかんと片瀬山が言う。

不信任決議は、生徒会規約にも書かれている正当な権利だ。

生徒であれば誰でも提出でき、受理しなければならない。

不信任の対象は役員の誰か一人に行うこともできるし、執行部そのものに対しても可能だ。

特定の役員であれば辞職、執行部全体であれば解散となる。

その後、空《あ》いた役職について再選挙となるのが通例だ。

……もっとも、使用されたことのない形骸化《けいがいか》された規則だが。

「どうせ再選挙なら、俺たち二人への投票という形にしたわけか」

「そのほうが生徒にもわかりやすいでしょ？」

「……負けたほうはどうなる？」

「こんなことといて、どの口がって感じだけど……正近《まさちか》には副会長として残ってほしい」

片瀬山は余裕の表情で、淡々と答える。

「負ける気はないけど、私が負けたらもちろん、大人しく身を引くよ。勝手に不信任出しといて、負けても縋《すが》り付くなんて恥《はじ》さらしな真似《まね》はしない」

それなりの覚悟を持って、行動を起こしたようだった。

「意外だな。片瀬山がこんな、荒れそうなことするなんて。……葛原《くずはら》先輩に唆《そそのか》されたか？」

片瀬山は、本性を隠してでも人間関係を円滑に動かすタイプだ。

それぞれの意見を尊重し、全員と心を交わし、仮に対立があったとしても綺麗《きれい》に収める。誰にでも好かれる、品行方正《ひんこうほうせい》な優等生……そういう自分を演じている。

もちろん、人間だから心の中では違うことを思っているのは、俺も気づいていた。

だが、自分から積極的に対立を作りに行く性格ではない。

「うん。葛原先輩に提案されたことは間違いないよ」

掲示板に貼られた告示には、片瀬山るいの名前に加えて、前生徒会長の葛原大和《やまと》の名も併記してあった。

二人の連名で、不信任決議案を提出したということだ。

片瀬山を揺さぶって、俺を引きずり下ろす……。なるほど、葛原先輩が考えそうなことだ。

「でも……決めたのは、私の意志だよ」

「そうか。ならいい」

葛原先輩に操られているだけなら、俺は片瀬山を責めていただろう。

彼女は、人の言葉に従ってしまうような弱い人間ではないから。

だが片瀬山が自分の意志で生徒会長を望むというなら、そして正式に不信任決議という方法を取ってきたなら、俺には正面から対応する義務がある。

「受けて立とう」

「ふふっ、正近ならそう言ってくれると思ってたよ」

臨時生徒総会の内容は、俺と片瀬山の一騎打ち。

勝ったほうが生徒会長になり、負けたほうは去る。シンプルな勝負だ。

まあ、俺が勝っても片瀬山をやめさせる気はないけどな。

「ま、待ってください」

黙って聞いていた川名が、焦ったように口を開いた。

「こんなのおかしいですよ……。それなら、最初から生徒会長に立候補すればよかったじゃないですか。わざわざ不信任決議なんて……」

川名の目には、涙が浮かんでいる。

「茉莉《まつり》ちゃん、巻き込んでごめんね。選挙の時は別にいいかなって思ったから、正近に譲《ゆず》ったの。……勝手だけど、今さら惜しくなっちゃった」

「会長になにか不満がある、とかですか？」

「ううん、全然。正近は生徒会長に相応《ふさわ》しいと思ってるよ。本心から」

「ならなんで……！　せっかく、役員四人で仲良くやってたのに……」

いよいよ、川名の頰《ほお》に雫《しずく》が伝った。

「私、今のままがいいです。今の生徒会が心地好くて……それが壊れるなんて、嫌です……っ」

「……ごめんね」

ハンカチで顔を隠してしまった川名を、片瀬山が慈《いつく》しむように見つめる。

あれだけ嫌がっていた川名が、今はここを大切な場所として認識していることに、嬉しい気持ちになる。

「私の中で、理由はたしかにある。でもそれを語るのは、言い訳にしかならないと思うから言わない。みんなに迷惑をかけるし、傷つけてしまうのはたしかだから、言い訳はしないよ」

片瀬山に迷いはなかった。

川名を傷つけてでも、俺と争ってでも、得たいなにかがある。

その気持ちを否定する気はない。

「私が勝って生徒会長になった時……茉莉ちゃんも隼人も、私につくのが嫌だったら、それでもいい。役員をやめても、また不信任決議案を出すのも、二人に任せるよ」

「……そんな、人を敵に回すようなやり方、副会長らしくないです」

「そうだよね。私もそう思う」

川名は簡単に受け入れられないようだ。優しい子だから、きっと先輩同士が争うのを見たくないのだろう。

俺も、できればこの展開にはなってほしくなかった。

予《あらかじ》めきちんと相談してくれれば、互いの妥協点《だきょうてん》を探ることもできただろう。

だが、それはきっと、片瀬山が望む結末ではない。

公《おおやけ》の場で、臨時生徒総会という場で決めるからこそ意味があるのだ。

「でもぶっちゃけ、みんなからしたら、めちゃくちゃ面白いっすよね」

隼人が不貞腐《ふてくさ》れたように言った。

「クラスの奴らも笑ってましたよ。こんなことあるんだって。非日常感っつーか、まあ、一種のエンタメっすよね。しかもそれが、なにげに有名な二人の勝負なんだから」

「片瀬山はともかく、俺は有名か？」

「生徒会長だし、それでなくても結構目立ってるっすよ？　正近くん」

そうだろうか。あまり、実感はない。

「まあでも正直、正近くんに勝ち目ないっすよね」

「あっさり言うなぁ」

「正近くんも人気っすけど、るい先輩の人気は段違いっすよ？」

片瀬山は美人なうえ、性格もいい。関わったことのある人間は、ほとんどが片瀬山に好印象を抱くだろう。

さらに、バンドのボーカルとしても活動している。文化祭でも披露しているし、聞くところによると動画サイトにもアップされているらしい。

一言で言うと、華があるのだ。片瀬山るいには。

対して、俺にその手の人気は皆無と言っていい。

「一騎打ちなんて、人気投票みたいなもんじゃないすか。公約やスピーチなんて誰も聞いてない。ただ好きなほうに投票するだけっすよ、どうせ」

「そうだろうな」

「しかも今回はるい先輩が挑戦者側……エンタメ的にも、るい先輩が勝ったほうが面白いっす」

隼人は極めて客観的に、予想を述べる。

俺も同意見だ。

人気投票になれば、俺に勝ち目はない。

「……隼人くんはそれでいいんですか？　どっちが勝ちそうとか、面白いとか、そんなのひどいです」

「俺はあくまで客観的事実を言ったまでっすよ」

「会長も隼人くんも、あっさり受け入れるなんておかしいです。なんで反対しないんですか」

川名は立ち上がり、赤くなった目で俺たちを見る。乱暴にリュックとコートを持って、腕にかける。

「この場所が、このメンバーが好きだったのは私だけだったんですね……っ」

そう言い放って、川名が生徒会室を飛び出していった。

「川名！」

追いかけて、俺も生徒会室を出る。

すぐに追ったから、川名の背中はすぐ近くに見える。荷物も多いから、横に並ぶまでに時間はかからなかった。

彼女は逃げるのを諦めて、階段の踊り場にしゃがみ込む。

壁に背中を預け、膝を抱えて縮こまった。膝で顔を隠して、俺を見ない。

俺は正面にしゃがみこんで、声をかけた。

「川名、ごめんな。俺たちのせいで」

「会長はなんで、そんな冷静なんですか？　一番、怒る権利があるのに」

「怒る権利なんてない。むしろ、真っ向から受け止める義務がある。生徒会規約にもあるようになな」

「馬鹿みたいです。そんな規約が、私たちの関係より大事ですか」

「……川名が怒ってくれて助かったよ。正直、俺も心の整理がついてないんだ」

川名がここまで感情的になるのを初めて見た。

感情を抑えきれずに涙が溢《あふ》れてしまうくらい、生徒会室を心地好いと思ってくれていたのだ。

「私、本当に今の生徒会が好きなんです。まだ、あまり仲良くなれていないですけど……こんな私に、みなさん優しくしてくれて……。勉強しかできなくて、ろくに人付き合いをしたことがなかった私を、温かく受け入れてくれて」

川名が目元をハンカチで拭《ぬぐ》いながら、言葉を重ねる。

「やっと私の居場所ができたって、嬉しかったんです。もっと仲良くなれるよう頑張ろうって、色々考えて……。会長には、あまりツンケンしないように。副会長には、怖がらずにたくさん話して。隼人くんとも、友達になれるように」

「……みんな、川名のことは既に大好きだぞ」

「今日だって、バレンタインだから、みんなにチョコレート作ってきたんです。友達にもあげたことないから、作り方なんて知らなくて。何度も失敗して、包装にも悩んで、どうやって渡そうって、ずっと考えて……っ」

川名がリュックのファスナーを開けて、可愛《かわい》らしいラッピングがなされた小袋を取り出す。

勉強熱心な彼女のことだから、きっと妥協せずに何度も作り直したのだろう。

小袋を抱きしめながら震える川名に、胸が痛くなる。

片瀬山のせいだけじゃない。この状況を招いたのは、彼女と向き合ってこなかった俺の責任でもある。

片瀬山が鬱屈《うっくつ》した感情を抱いていたことは気づいていた。でも、器用な片瀬山なら大丈夫だろうと、楽観視していた部分もある。

その結果がこれだ。

去年からの仲間すらわかってやれず、大事な後輩を泣かせて、生徒会長が聞いて呆《あき》れる。

「こんなもの、作らなきゃよかった」

さらには、失望させてしまうなんて。

「こんなもの……っ」

川名が慣れない仕草で、チョコレートの入った小袋を振り上げた。

投げてしまう前に、その手を押さえる。

「川名、それはダメだ」

「は、離してください……っ。なんですか？　説教ですか？　食べ物を粗末にするなって言いたいんですか？」

「違う」

川名の手を小袋ごと握り、下ろさせる。

「これを投げたら、川名の気持ちまで捨てることになってしまう」

小袋を強く握りしめる指を、一本ずつ開いていく。

力が抜けた川名から、小袋を奪い取った。川名の腕は、だらりと床に落ちる。

「いいんです。みんながその気なら、こんな気持ち捨てますよ。役員もやめて、元の生活に戻るだけです。私は勉強をしなければいけませんから」

そう言いながら、川名の涙は止まらない。

「どうせ会長は、生徒会なんてどうでもいいと思って……。え、」

川名が強く目元を拭って、ようやく俺の目を見た。

「なんでそんな、悲しそうな顔、してるんですか」

「ごめんな、川名。本当にごめん」

俺は、心の底から後悔《こうかい》していた。

せめて、不信任決議案を簡単に受け入れるべきではなかった。片瀬山と葛原先輩に頭を下げてでも、取り下げてもらわないといけなかった。

どれだけ惨《みじ》めでも、そうすれば川名を傷つけてしまうことはなかったのに。

できなかったのは、俺のプライドのせいだ。

プライドなんて、川名の気持ちに比べたらどうでもよかったのに。

「俺さ、不信任決議案を見た時、別に譲《ゆず》ってもいいかなって思ったんだ。片瀬山なら能力に疑いはないし、俺なんかよりよっぽど、良い会長になってくれるだろうからさ。片瀬山が会長で俺が副会長、そんな未来もありかなって思ったよ。別に、会長という役職にこだわる理由なんて、そんなにないんだから」

俺が生徒会長になったのは、内申点《ないしんてん》だけで大学に推薦《すいせん》合格するためだ。面接でも話しやすいし、受けがいい。今のところ成績はトップをキープしているし、生徒会長まで加われば、ある程度自由に大学を選べる。

でも、それが副会長になったとして、不合格になるだろうか。ほんの少しだけ印象は変わるだろうが、大差はない。

仮に会長でなくなったことで合格できなそうなら、ボランティアでも資格取得でも、他の道を探るだけだ。

だから俺は正直、諦めかけていた。

「だが……負けてやるわけにはいかなくなった」

「え……？」

「川名がこれだけ思ってくれていたんだ。俺が応えないでどうする。川名が好きな生徒会を、俺は守りたい」

俺と片瀬山の役職が入れ替わったとして、別に実務上は大した問題にはならない。

だが、雰囲気《ふんいき》は確実に変わるだろう。

……それは、仮に俺が勝っても同じだ。片瀬山はきっと、責任を取って副会長をやめる。

だが、それも許さない。

「俺が勝って、片瀬山には副会長を続けてもらう。それでいて、一切の禍根《かこん》を残さずに終わらせる」

「そんなこと、できるんですか?」

「やるよ」

難しい道のりだろう。

勝つだけでも難しい。相手は片瀬山に加えて、カリスマの前会長までついているんだ。簡単には勝たせてもらえない。

でも、やるしかない。

「まだ川名に『会長』って呼んでもらいたいからさ」

手を伸ばして、川名の頭を撫《な》でる。

また、川名の瞳から大粒の涙が溢れた。

「……負けたら、許しませんから」

「おう」

「もし負けたら、こっぴどく悪口書いた新聞をばら撒《ま》きます」

「ずいぶん具体的な脅《おど》しだな……」

「負けたら……会長のこと、大嫌いになります」

「そりゃあ、困るな」

可愛い後輩に嫌われたら、会長を辞職するよりショックが大きい。

川名が涙を流したまま、不器用に笑みを浮かべた。

「よし、じゃあこのチョコは食べていいか？」

「えっ、嫌です。強く握りすぎて、形が崩れていますから。また作り直してきます」

「それじゃあ明日になっちゃうだろ」

「別にいいじゃないですか」

「いいや、ダメだね。俺、川名からバレンタインチョコ貰《もら》うの楽しみにしてたんだから」

「ならなおさら、ちゃんとしたチョコにしてください！」

川名が俺の手からチョコを取り返そうとする。

しかし、立ち上がってしまえばこっちのもの。背の低い彼女では、高く掲《かか》げられた俺の手に届かない。

「茉莉ちゃん、チョコあるんすか!?」

陰で聞いていたのか、隼人が意気揚々《いきようよう》と飛び出してきた。

「隼人くんまで……」

「じゃあ俺、二個貰っていい？　未だゼロ個の俺を助けると思って！」

「あげません。だって、もう一個は……」

萌仲が言いかけて、視線を落とした。

「わかってるっすよ」

隼人は優しげに微笑んで、川名から二個の小袋を取り上げた。

片瀬山に渡すのだろう。彼女は気を遣って、ここには来られないだろうから。

「ちなみに、俺も正近くんが勝つほうに賭《か》けるっす」

「なぜだ？　お前、片瀬山派だろ」

「そんな派閥《はばつ》争いみたいなことしてないっすよ？　正近くんも、俺の目標っすからね。無様に負けて落ちぶれるところなんて見たくないっすもん」

「無様とか落ちぶれるとか、ひでえ言い草だな……」

「余計負けられなくなったっしょ」

「まったくだ」

ああ、いい後輩たちを持った。

なら俺は先輩として、カッコいいところを見せないとな。

「センパイ」

「萌仲……帰ったんじゃなかったのか？」

「まつりんとチョコ交換せずに帰れないでしょ！」

俺たちの会話を聞いていたのかはわからないが、萌仲が廊下《ろうか》から歩いてきた。

萌仲は俺の前に立ち、拳を突き出した。

「私はセンパイのためなら、なんでもするよ」

そして、覚悟を決めた顔でそう告げた。

「お前な、なんでもするなんて軽率《けいそつ》に言うなって教えなかったっけ？」

「軽率じゃないならいいんでしょ？」

「そうだな。……頼む」

萌仲の拳に、力強く拳をぶつけた。


翌日。

不信任決議案を議題とした臨時生徒総会は、今週の金曜日だ。

今は火曜日の朝。時間はほとんどない。

このままなにもせず当日を迎えたら……隼人の言うとおり、負ける可能性が高いだろう。

元々片瀬山のファンだった人。単純に、見た目のいいほうに投票する人。不信任決議という
レアな状況を面白がって投票する人。

思いつく限り、片瀬山に投票する生徒のほうが多い気がした。

もしかしたら、大差で負けるかもしれない。

この三日間でどれだけ票を動かせるか。それに懸かっている。

「投票してくれたら、センパイを一日自由にできる券を配るのはどう？　私、百票くらい投票するよ！」

朝、一緒に登校している萌仲がそう言った。

「今のセリフに二つくらい違反行為があったんだけど？」

「あっ、ダメだ。そしたら、センパイが他の子にとられる！」

「それ以前の問題だ」

物で釣るのも、二票以上投票するのも、当然違反である。

「じゃあ、るい先輩の悪評を流す？」

「そんなことするわけないだろ。相手を下げるのではなく、正面から上回ってやる」

「ふふっ、そう言うと思った」

萌仲も本気で言っていたわけじゃないようで、俺の返事に明るく笑った。

そもそも、悪評なんて意味ないだろうけど。片瀬山の好感度は高く、むしろこっちが痛手を負う結果になりそうだ。

結局、人柄や人気の勝負では勝ち目がないのだ。

だったら、正攻法で。

生徒会長としてどっちがいいか、という点で勝つしかない。

そして、そっちなら俺の得意分野だ。

「それより、萌仲は別に手伝わなくてもいいんだぞ」

「なに言ってるの？　手伝うに決まってるじゃん」

「……正直、負ける可能性のほうが高い。俺の味方になっても、損するだけだ」

自虐《じぎゃく》ではない。

正確な自己分析だ。

俺の味方になったことで、萌仲に不利益があったら……俺は、後悔《こうかい》するだろう。

昨日、頼むと言ってしまったことも少し後悔している。

萌仲には、俺のせいで辛《つら》い思いをしてほしくない。

「それでも、センパイは助けてくれたよね」

「ん？」

「私を助けたってセンパイに得はないし、むしろ損だけ。ううん、実際にセンパイに迷惑がかかっちゃった。それなのに、センパイは迷わず私を助けてくれた」

「……言っただろ、自分のためだ」

「センパイがそう主張するのは知ってるよ。でも、実際に私は助けられたんだ」

白旗《しらはた》との一件。あれは、俺が見過ごせなかっただけだ。

別に、萌仲のためにやったことではない。

「だから、センパイが困っているなら、今度は私が助けるよ。センパイのためじゃない。私のために」

萌仲は足を止めて、正面から俺を見つめる。

「センパイに惚《ほ》れられるチャンスだからね」

おどけて、萌仲が言った。

「……弱みにつけ込むのはやめなさい」

「あ、でもセンパイが暇人になったら、もっと構ってくれるかも！」

「どっちに転んでも得しようとしてる!?」

「大丈夫、センパイが無職になっても私が養ってあげるからね」

「やっぱクズ男に引っかかる才能あるよ、お前」

「センパイにしか引っかからないも－ん」

こうして萌仲がふざけてくれるのも、今の俺には助かる。

たぶん自分が思っている以上に、落ち込んでいたから。

片瀬山とは、上手《うま》く付き合っていたつもりだった。

友達というより、パートナーとして。ともに生徒会の仕事に打ち込んできたのだ。

彼女が不信任決議案を提出するなんて、想像もしていなかった。

負けて生徒会長の役職を失う恐怖よりも、片瀬山と戦わないといけないことのほうが、俺には辛い。

だが、負けるわけにはいかない。

萌仲が、川名が、隼人が……大事な後輩たちが、俺の勝ちを願ってくれているから。

「やあやあ、お二人さん」

「……葛原先輩」

待ち構えていたように、正門で声を掛けられた。

前生徒会長であり、騒動の元凶……葛原大和である。

相変わらず胡散臭《うさんくさ》い笑みを浮かべて立っている。

「……この人が葛原先輩」

萌仲が俺の袖《そで》を掴《つか》み、息を呑《の》む。

そういえば、二人は面識がなかったな。

「彼女と登校なんて、ずいぶん余裕なんだね」

「先輩こそ後輩の女の子を誑《たぶら》かして遊ぶなんて、受験生ってずいぶん暇なんですね」

「人聞きが悪いなぁ。僕は後輩たちのために、学校をより良くしたいと思っているだけだよ」

「ありがたいですが、引退したなら大人しく見守っててくれませんかね。口だけ出すご隠居《いんきょ》なんて、迷惑なことこの上ない」

「ははは。まあ、僕がやったことが余計かどうかは、臨時総会でわかるんじゃないかな」

不信任決議案を出すなんてだいそれたことを、片瀬山が積極的にしたとは思えない。

告示にもあった通り、葛原先輩が絡んでいる。

彼から提案したのだろう。俺を蹴落《けお》としたいという私欲のために。

生徒会長だったころと、なにも変わっていない。彼は全体の利益よりも、自分の願望や、面白いと思うことを優先するきらいがある。

リーダーとしては、彼の行動力が役に立ったことも多い。

だが今は、ただの厄介者《やっかいもの》だ。

「……ところで、なんの用ですか？　決着なら、臨時総会でつければいい」

「なに、君がどんな顔をしているか見に来ただけだよ、辻堂《つじどう》」

「趣味が悪いですね」

「そうでもないさ。自分が優秀だと思いこんでいるトップが、その立場を追われて落ちぶれる……スカッとするシナリオじゃないか。勝ち目のない戦いに挑もうとしている姿も面白いよね」

「あいにく、負ける気はないんで」

「勝てると思うかい？」

葛原先輩は、泰然の表情を崩さない。

まるで、自分がこの世界の主人公なのだと言わんばかりに。

「人気者のるいと、人気者の僕。この二人が壇上《だんじょう》に上がるんだ。普通、こっちに投票するよね」

「自分で人気者とか言っちゃいますか」

「実際そうだろう?」

間違いではない。二人とも見目が良く、生徒からも先生からも一目置かれている。

「まあいいさ。せいぜい楽しませてくれよ。僕の、高校生活最後の思い出にさ」

「……そんなものに、片瀬山を巻き込まないでください」

「彼女は自分の意志で動いたんだよ。僕がやったのは、ちょっとアドバイスしたくらいさ」

葛原先輩の言葉がなければ、片瀬山が動くこともなかっただろうに。

そう、恨むような気持ちもある。

だが本人が言っていたように、片瀬山の意志というのも本当なのだろう。

「それから、君。萌仲ちゃんだったかな」

「はいっ」

葛原先輩の視線が、萌仲に向く。

俺はそっと横に動いて、萌仲を背中に隠すようにした。

「そんなに警戒しないでくれよ。君のことは、るいから聞いているよ。僕も試験官の一人だったよね」

そういえば、萌仲の試験はまだ途中だった。

残るは、俺と葛原先輩……。俺はともかくとして、葛原先輩の合格がなければ、萌仲は生徒会庶務《しよむ》になることはできない。

「今回の臨時総会。そこで辻堂が勝つことができたら、君にも合格をあげよう」

「ほんとですか！」

「そのために、頑張って票を集めるといい」

「もちろん！」

葛原先輩の嫌みに、萌仲が元気に答える。

「そんなの、もう合格確定じゃん！　いいの？　そんな簡単な試験で」

「……え？」

「センパイの勝ちは決まってるので」

初めて、葛原先輩の表情が崩れた。

苛《いら》ついたように眉間《みけん》にシワを寄せて、萌仲を睨《にら》む。

「……現実が見えていないみたいだけど、終わった後の表情を楽しみにしているよ」

「負け惜しみの言葉を考えておいてくださいね」

「相変わらず生意気な後輩だ」

俺にそう言い返して、葛原先輩は去っていった。

萌仲と目を合わせて、どちらからともなく笑い出した。

「いいのか？　勝ち確定なんて言って」

「だって、勝つでしょ？」

「当然」

「元から決まってるのに、それに私の合格っていうおまけまでついたんだから、喜ぶしかないじゃん」

「……なら、俺の合格もつけてやるよ」

「やったっ。じゃあ金曜日が、私が庶務になる日だね」

ああ、勝ちたい理由が増えた。

俺は片瀬山に勝つ。

そして、元の四人に庶務の萌仲を加えたメンバーで、今後の生徒会を運営していくのだ。

さっそく、今日から行動を起こそう。

09

九章　タメ口後輩ギャル　大庭萌仲

Tameguchi
kouhaiGAL ga natuitara
sasugani
kawaisugiru

センパイを助ける。

そう宣言したけど、私にできることはなんだろう。

意味もなく廊下《ろうか》をぐるぐる歩きながら、うんうんと唸《うな》る。

有能なセンパイと違って、私はなにもできない。劇的な解決策なんて思い浮かばなかった。

「悩んでる暇なんてないよね」

ぱちんと自分で頬《ほお》を叩いて、気持ちを切り替える。

私にできることをするしかない。

「おはよう！」

教室に入りながら、全力で挨拶《あいさつ》する。

クラスメイトたちが、談笑をやめて一斉に私を見た。

……視線が痛い。今まで、挨拶なんてしたことなかったから。

でも、私はもう逃げない。

「みんな、聞いてほしいことがあります！」

私はみんなの目を見ながら、教壇《きょうだん》へと上がる。

思わず、手が震える。スカートをぎゅっと握りしめて、無理やり震えを抑えた。

教室は静まり返っている。

何事かと、戸惑っている様子だった。まつりんだけは、心配そうに私を見つめている。

「今度の臨時生徒総会、今の生徒会長に投票してください！」

そう言いながら、深く頭を下げた。

視界に映るのは教卓だけで、クラスメイトがどんな反応をしているのかはわからない。耳には、なにも入ってこない。

恐る恐る顔を上げる。

クラスメイトは反応に困って、互いに顔を見合わせている。

当然だ。私は入学してから、誰とも関わらないようにしていたのだから。

「萌仲《もなか》さん……」

「大丈夫」

まつりんが助け舟を出してくれようとしたけど、それを静止した。

これは大失敗に終わるかもしれない行動だ。まつりんを巻き込むわけにはいかない。

私は小さく深呼吸して、再び口を開く。

「いつも喋《しゃべ》らないくせに、いきなりなにって思うよね。私のことを友達だと思っている人は、誰もいないと思う。最初は話しかけてくれた子もいたけど、冷たくしちゃってたから」

ずっと、一人で過ごしていた。

クラスで誰かと楽しく話した記憶なんて、ほとんどない。

会話する機会があっても、壁を作っていた。

「ずっと逃げてたの。嫌われるのが怖くて」

昔から、いろんな人に嫌われてきた。

最初は友達だった子も、次第に私を嫌って。

大人たちは、私を不真面目《ふまじめ》な子だと決めつけて。

私の顔が、口調が、態度が、みんなには気に食わないみたいで。

「どうせ嫌われるくらいなら、最初から友達にならないほうがいい。友達になってから嫌われるより、そのほうが楽だから」

なんの話だろう、という心の声が聞こえてくる。

うん、私もちょっと頭がこんがらがってきた。

「でも……センパイは、生徒会長は、私を受け入れてくれたの。一切の偏見も下心もなく、私を助けてくれた」

入試の時も、退学させられそうになった時も、センパイ自身にも迷惑がかかっちゃった時も。

こんな見た目をしている私だろうと関係なく、センパイは助けてくれた。

センパイは誰が相手でも、助けたと思う。

でも、私はセンパイに救われたんだ。センパイに出会えなかったら、私はまだ塞《ふさ》ぎ込んだままだった。

私が素直になれたのは、センパイが相手だったから。

拒絶されないとわかったから、今までの反動で思いっきり甘えちゃった。思い返して恥ずかしくなるくらい。

「センパイのおかげで、友達もできた。その子に怒られたんだぁ。逃げてるだけだって。努力しない理由にはなってない、って」

まつりんがはっと目を見開く。

まつりんと友達になれたのも、センパイのおかげだ。そして、私を真っ直ぐ見てくれた、まつりんのおかげだ。

まつりんは、私を諭《さと》してくれた。嫌って終わりじゃなくて、私のダメなところを、正面から教えてくれた。

結局、あれからまだ実践《じっせん》はできていない。

だから今日、私は変わる。

大好きなセンパイと、大好きなまつりんと、大好きになる予定に隼人《はやと》くんとるい先輩。そんな生徒会室を守るために。

「そうだよね。私は嫌われないために、周りを遠ざけてた。好きになってもらいたかったら、まずは自分が好きにならないといけないのに。これからは、みんなとも仲良くなりたいと思ってる。……ううん、嫌われてもいいから、真っ直ぐ向き合いたい」

それは、センパイを好きになって、初めて知ったこと。

簡単なことだったんだ。

好きになれば、仲良くなりたいと本気で思えば、相手も応えてくれる。もちろん、恋愛だけじゃなく友達も。

「みんなからしたら、友達でもない私に突然頭を下げられても、意味わかんないと思う。聞く意味なんてないって思うよね。それが当然の反応だと思う。ずっとみんなを遠ざけていたのに、こんな時だけ都合がいいって思うよね」

センパイなら、もっと利口な方法を思いつくのかな。

なにげに人付き合いの上手《うま》いセンパイなら、最初からこんな手段取る必要もないよね。

「それでも私は、頼み込むことくらいしか、できることがないから」

もう一度、深く頭を下げる。

「辻堂正近《つじどうまさちか》先輩に投票してください。センパイのおかげで私は変われたの。誰に対しても平等で、人助けにためらいがなくて、生徒のことを一番に考えていて。そんな人だから、これから先も、生徒会長でいてほしい」

私が好きだから、だけが理由じゃない。

センパイが一番、生徒会長に相応《ふさわ》しいと思う。心から。

「よくわかりませんが」

誰も反応しない中、声を上げたのは一人だけだった。

椅子《いす》を引いて立ち上がったのは、まつりんだった。

「萌仲さんを変えるくらいすごい人だから、生徒会長を続投してほしい、という意味であってますか？」

「そういうこと、なのかな？」

「整理しないで話し出したんですか……？」

「ごめん。勢いで……」

考えなしに、思いつく言葉を口から出してしまった。またまつりんに怒られちゃうね。

まつりんは小さく溜息を吐いて、こちらに歩き出した。

教壇に上がり、私の隣に並ぶ。

「私からもお願いいたします」

「ちょっと、まつりん……」

私が勝手に始めたことなのに、まつりんまで頭を下げる必要はない。

そう思ってさっきは止めたのに。

「言っておきますが、私も会長の後輩ですから」

小さく、私にだけ聞こえるように言った。

顔を上げて、今度はクラスメイトに向けて話し出す。

「強制するつもりもないし、できません。でも、皆さんにはきちんと考えて投票していただきたいんです。ノリとか、面白そうとかではなくて。学校を良くするにはどちらの生徒会長がいいか、きちんと評価してほしい」

まつりんは決して前に出るタイプではないのに、はっきりと、クラスメイトに言い放った。

「辻堂先輩は、こんな不良生徒を更生させる人です」

「えっ、元々不良じゃないよ……？」

「見ての通り、たぶん裏では番長をやってます」

「まつりん、私のことそんなふうに思ってたの……!?」

ショックだ！

私が衝撃を受けていると、まつりんがくすりと笑った。

「こんな感じで、実は可愛《かわい》らしい子なんです。私も勘違いしてましたが。そんな素を引き出したのは……辻堂先輩です」

可愛いだって。

まつりんのほうが可愛いと思うけどなぁ。センパイが好きになっちゃわないか、心配になるくらい。

「私たちは、辻堂先輩が生徒会長を続けることを願っています。皆さんには、それを知ってもらいたい。萌仲さんが教壇に上がったのは、そういう目的です。……たぶん」

深く考えてなかったけど、私は自信満々に頷《うなず》いた。

……まつりんに来てもらって正解だったかも。

「それは、私が生徒会会計として見た評価です。だから皆さんにも、辻堂先輩を評価してほしい。これまでやってきたことと、これからやってくれること。それをきちんと見て、考えて、投票してください」

そう言って、まつりんが再び頭を下げた。

私も慌てて、それに合わせる。

「お願いします」

「お願いします！」

クラスメイトの反応はまちまちで、どのくらい響いたかはわからない。

でも、これで少なくとも、みんなに考えるきっかけは与えられたと思う。

「あの……」

控えめに手を上げたのは、見たことのある男の子だった。いや、クラスメイトだから当たり前なんだけど、学校以外で。

「あっ、隼人くんの……」

「この前はお世話になったね。教室では全然雰囲気《ふんいき》が違うから、すっかりお礼を言いそびれたけど、感謝してる」

彼は隼人くんのバンドメンバーだ。

試験の一つとしてライブの手伝いをした時、顔を合わせた。あまり長くは話してないけど、一応面識がある。

「俺は大庭《おおば》さんがいい子なのは知ってる。それに、生徒会長が頼れる人だってことも。生徒会長は俺たちのライブを助けてくれたんだ。学校とは関係ない場所なのに、たまたま居合わせたからって理由だけで。生徒会長だから生徒を助けるのは当たり前だ、なんて言いながらさ」

当然だ。センパイなら、困ってる人を見捨てたりしない。

「俺は辻堂先輩に投票する。あの人なら絶対、学校をより良くしてくれる」

「ありがとう！」

「お礼を言われるのは違うかな。俺だって、この学校の生徒なんだから当事者だ。みんなも、本気で考えよう！　どっちの生徒会長がいいのか、自分の頭で」

彼はクラスメイトを見渡して、そう呼びかけた。

「そういえば、部室の整理を手伝ってもらったかも……。片付けるだけじゃなくてほぼリフォームで使いやすくなったし」

「学祭の時もめちゃくちゃ意見くれたよね……。最初は厳しいだけかと思ったけど、どれも的確だったし」

「俺、先生に怒られた時助けてもらったわ……」

「困ってるとなぜか現れるんだよね」

次々と、クラスメイトから声が上がる。

センパイ、そんなことやってたの？

ひどい！　私だけが特別じゃなかった！　……というのは冗談で。

むしろ、うんうんセンパイはすごいんだよって、誇らしい気持ちになった。

センパイはきっと、自分では誇らないだろうけど。本人にとっては当たり前のことすぎて。

でも、全然当たり前じゃない。

そんなことをできる人は、全校を探したって他にはいないんだから。

「今すぐに決めなくても構いません。金曜日まで、しっかりと考えてください」

「なんで？　いい流れだったよ？」

「こんなもんじゃないですよ。会長のすごさは」

まつりんが珍しくドヤ顔をする。

改めてクラスメイトを見て、勝気に言った。

「あと三日間。楽しみにしていてください。会長の本当のすごさを見られますよ」

まつりんの言葉の意味がわかったのは、その日の昼休みだった。

『生徒会長の辻堂正近です。生徒会執行部よりお知らせです』

教室のスピーカーから、センパイの声が響いた。

『地元のベーカリーと提携し、売店の招致に成功いたしました。正式なオープンは四月からですが、今週のみプレオープン期間といたします。ぜひ購入し、アンケートにお答えください』

その言葉を聞いて、教室がざわつき始める。

「え？　売店？」

「パン屋さんってこと？」

うちには学食も売店もなかった。だから、お昼は持ってくるしかなくて、足りなくなっても買う手段はなかった。

でも、売店ができるということは……。

『場所は一階、家庭科室前。本日より営業しております』

次第に理解していき……場所を聞いた瞬間、全員が立ち上がった。

「うぉおおおお！」

「パン！　食べたい！」

「ナイス生徒会長！」

売店を招致する計画があったなんて、知らなかった。

それも、今週からスタートなんて、まるでタイミングを見計らったみたいで……。

『なお、廊下《ろうか》を走るのは禁止です。……って、聞いてねえか』

スピーカー越しに、センパイの苦笑が見えるようだ。

センパイさすが。もちろん、全員全力ダッシュしてるよ！

私はセンパイの声に聞き入っていたので走ってません。あとで褒《ほ》めてもらおっと。

「元々動いていたのを、プレオープンだけ前倒ししてもらったらしいですよ」

歩いてのんびり向かう私に、同じく歩いていたまつりんが教えてくれた。

「むむ、なんでまつりんは知ってるの？　私は知らないのに……」

「変な嫉妬《しっと》しないでください。生徒会として取り組んでいる以上、私が知っているのは当然です。動いていたのは会長一人なので、詳しくは知りませんが」

売店には生徒たちが押し寄せていて、ごった返していた。

プレオープンだからなのか、店員さんが五人くらいいて素早く捌《さば》いている。

……よく見ると、くげぬーも参戦していた。他にも、先生方がちらほらと見える。

「これが朝言ってたやつかぁ。でもこれなら、センパイの票は増えそうだね！」

「まさか」

まつりんが笑顔で否定する。

「これだけじゃないですよ」

「え……？」

水曜日、木曜日と、連続でセンパイによる放送があった。

その内容に、クラスメイトは沸き立っていた。

売店の設置だけじゃない。

みんなが思いつきもしなかった施策《しさく》が、次々と出てきたのだ。

図書館に漫画や小説などの娯楽《ごらく》の追加、校内フリーワイファイの導入、地域のお店に学割の提携、ＯＢの寄付による部費と備品購入の増加、月に一度私服登校が許可されるドレスコードフリーデーなど……。

どれも即物的で、生徒が喜ぶような施策である。

方向性は様々で、幅広い層に受けるような内容だ。

今週から既に開始されているものもあれば、公開されただけで実際のスタートは先なものもある。

「辻堂先輩が生徒会長になってからやばくね？」

「こんなに変わることある？」

クラスメイトの会話も、センパイの話題で持ち切りだ。

私は特に、ドレスコードフリーデーは嬉しい。制服も可愛いし好きだけど、たまには学校でもオシャレしたいし。

「センパイやば……どんだけ仕事してたの？」

思わず呟《つぶや》く。

今週の放課後は特に忙しそうにしているから、全然話せていない。

当然だ、準備していた施策を全て今週に持ってこようとしているのだから。関係者との話し合いを急ピッチで進めて、公表の許可を取り付けているらしい。

「萌仲さん、私たちもぼーっとしてる暇はないですよ」

「わかってる！」

もちろん、私もただ見ているだけではない。

まつりんと毎日ほかの教室を回っているのだ。

クラスメイトにしたように、センパイに投票するように頼んでいるのである。

センパイがした大胆《だいたん》な施策に比べれば、些細《ささい》な行動かもしれない。

でも、これで一票でもセンパイの助けになるなら……。そう思って、続けている。

……ていうかセンパイすごすぎて、悩む必要もなく勝ってたんじゃ？

と思ったけど、そう簡単な話ではないようだ。

「昼休みにライブやりまーす！」

声を張り上げてチラシを配っているのは、軽音部の人たち。

私も一枚もらって、まつりんと一緒に読む。

中央にはるい先輩の写真が載っていた。

「やばい、ぜったい行かなきゃ！」

「片瀬山《かたせやま》先輩のライブだって！」

「しかも葛原《くずはら》先輩も歌うらしい」

周囲から歓喜の声が上がる。

るい先輩も、黙っているわけないよね……。

現職の生徒会長ではない二人には、センパイの真似《まね》はできない。

だけど、るい先輩の強みもある。

正攻法で、人気を取りに来ているみたいだ。

「さすが副会長ですね……」

まつりんもチラシを見ながら舌を巻く。

「結構バチバチだ……」

でも、互いに相手を貶《おとし》めるようなことはしていない。

センパイが言っていた通り、自分の良さをアピールする。そういう戦い方だ。

たしかに、るい先輩は人気がある。

でも、生徒会長になってほしいのはどっちか……そういう目線で見てほしいと、私とまつりんは言って回っているのだ。

「萌仲さん、行きましょう」

「うんっ」

決戦は明日の一時限目――。

○

「ついに今日か」

俺は朝から生徒会室に来て、椅子《いす》に身体《からだ》を沈める。

可能な限り、公開できるものは出し切った。

準備を進めていた施策を、先方や先生方に無理を言って前倒ししてもらったのだ。

おかげで、ここ数日はあちこち走り回る羽目になった。臨時生徒総会が終わってからも、後処理とお礼に回らないといけないな。

だが、ない袖《そで》を振ることはできない。

三日間で新しいことを始めるのは不可能だ。だから、今ある手札で勝負するしかなかった。

もう少し時間があれば、もっと大きな変革も可能だったが……仕方がない。

これだけでも、ある程度の生徒には響いたと思う。

……問題は、三年生だ。

もうすぐ卒業する三年生にとって、学校がどう変わろうと今さら関係ない。

どれも一、二年生にとっては魅力的でも、三年生には興味がないものだ。

これだけやってくれるなら、今後も学校をよくしてくれるだろう……そういった期待を抱かせるための動きだが、三年生にはおそらく響かない。

そして、三年生に対するアピールは、特に思いつかなかった。

やはり三年生には葛原先輩の影響力が大きく、また片瀬山の人気も他学年と比べて高い。自分に関係ない分、面白がって投票する先輩も多いだろう。

全員が片瀬山に投票するとは思えないが、割合は大きいはず。

「三年生には片瀬山がだいぶ動いていたからな……」

自分のことに必死であまり確認していないが、片瀬山は俺とは違うアプローチでアピールしていた。実際に教室に足を運び、交流することで人気を増やしていた。

地道に見えて、片瀬山にとっては最も効果的な活動だ。

実際に話せば、きっと多くの人間が片瀬山を好きになる。俺とは大違いだな。

「下級生の票をどれだけ引っ張れたか……それに懸かってるな」

もっとやれることがあったのではないか。それればかりが、頭の中をぐるぐると巡る。

この三日間は、萌仲や川名《かわな》などとほとんど話していない。だから自分の頭だけで考えていて、そのせいで不安がどうしても拭《ぬぐ》えなかった。

……前は、こんなことはなかったんだけどな。

全部自分で決めて、全部自分でやって。そのほうが楽で、間違いがないと思っていた。

それをできるだけの能力はあるつもりだし、今までなんとかしてきたんだ。

でも、今は誰にも相談できないことに、苦痛を感じている。

随分《ずいぶん》と弱くなってしまった。

萌仲や川名、隼人。……そして、片瀬山。

生徒会長として彼らを頼るうちに、いつの間にか一人では動けない身になってしまった。

だが、不思議と今の状況が悪いとは思わない。

むしろ今のほうが心地好い。

頼れる仲間がいて、心を許せる相手がいる。生徒会役員になって、そのことを学んだ。

だから川名に言われたからではなくて、俺も今の生徒会を守りたいのだ。

俺にとっても、居心地のいい場所になっていたから。

「センパイ」

まるで俺が弱っているタイミングを見計らったように、萌仲が生徒会室に入ってきた。

「いよいよだね」

「ああ」

臨時生徒総会は、今日の一時限目を利用して開催される。

もうすぐだ。

「大丈夫だよ！　みんな、センパイがいいって言ってたもん」

俺が真顔のまま黙っていると、萌仲が励《はげ》ましてくれる。

だが、萌仲の顔もやや強張《こわば》っていて、彼女もまた不安なのが窺《うかが》えた。

それでも、俺のために明るく振る舞ってくれる。

萌仲の優しさが、今の俺には沁《し》みた。

「勝ち負けもそうだけど、片瀬山と戦うのがどうにもな」

「あ～……」

片瀬山の前では「受けて立つ」と堂々と言ってしまったけれど、できれば戦いたくなかった。どっちに転んでも、多少の禍根《かこん》は残ってしまうだろう。

「大丈夫だよ」

萌仲はもう一度、そう断言した。

「センパイなら大丈夫。きっと、上手《うま》くやれるよ。だってセンパイだもん」

「理由になってないな……」

「センパイはいつでも、望む結果を手に入れてきたでしょ？　そのために全力で頑張れる人だって、私は知ってるから」

そんなことない。俺は失敗ばかりだ。

全てが上手くいったことなんて、ほとんどない。最低限、俺の守りたいものだけ守って、些《さ》末《まつ》な問題は切り捨ててきた。俺は極めて利己的な人間だから。

でも、今回は全てを手に入れようとしている。

生徒会長の地位も守って、その上でなにも失いたくないとのたまうのだ。

「やっぱり、センパイはお父さんに似てるよ」

いつかの公園で言っていたことを、再び繰り返す。

……ああ、親父《おやじ》の気持ちがわかった気がした。もしかしたら、親父も同じ気持ちだったのかもしれない。

ただ、自分の大切なものを守りたいのだ。

川名の言う通り、今の形が大切だから。

隼人がいて、川名がいて、萌仲がいて、そして片瀬山もいて。

今の幸せを続けるために、戦う。

「勝つだけなら、るい先輩を貶めるやり方でもよかった。リスクがあるって言ってたけど、センパイならそのくらい簡単だよね。でも、センパイは難しい道を選んだ」

「……まあな」

「それはきっと、みんなもわかってくれるよ。なにより、私が一番知ってる」

萌仲はしゃがみこんで、俺の手を両手で握った。

出会ってから、俺は萌仲に助けられてばかりだ。

彼女は俺に助けられたと言うが、むしろ逆。精神的に、俺は萌仲に救われている。

「センパイが世界一すごい人だって、私は誰より知ってるから。だから、ぜったい大丈夫」

萌仲は目を細めて、優しげに微笑む。

その時、ＨＲ五分前を知らせる予鈴《よれい》が鳴った。

俺は立ち上がり、スクールバッグを肩にかける。

「よし」

あえて口に出し、一歩踏み出した。

「まあ見とけ」

俺は自信満々に、不敵な笑みを意識して作った。

勝って、片瀬山を説得して、萌仲を庶務《しょむ》にする。それがベストであり、最低ラインだ。その結果以外、認められない。

「萌仲」

「んー？」

「ありがとう」

「こちらこそ？」

よくわからないやり取りをしてから、生徒会室を出た。

『これより、臨時生徒総会を開催いたします』

体育館に川名の声が響く。

司会進行は、当事者ではない役員である川名と隼人。擬似《ぎじ》的な選挙となるため、選挙管理委員会も司会席にいる。

俺と片瀬山は、ステージ袖にいる。司会の合図に従って、ステージに上がるという段取りだ。

「正近があんなに本気出すと思ってなかったよ」

「あいにく、俺はなにも失いたくないからな」

川名が議題と決議方法の説明をしているのを聞きながら、片瀬山と言葉を交わす。

「負けそうになって焦ってるのか？」

「ちょっとね。でも、負けるとは思ってないよ」

「勝つのは俺だ。……いや、勝ち負けじゃないな」

ずっと、勝負だと思っていた。

実際そうだし、負けるわけにはいかない。でも、もっと大切なことがある。

「俺が勝つのは前提として、俺はこの臨時総会を通して、お前をもっと理解したい」

「なにそれ。私は理解してほしいとは思ってないよ」

「片瀬山が望むかは関係ない。俺が理解したいんだ。ただのビジネスパートナーとしてじゃなくて、俺はお前と友人になりたい」

能力は知ってる。信頼関係もある。

だが、彼女の内面やプライベートはまったく知らない。クラスが同じになったこともなければ、仕事以外の場で会ったことすらないのだから。

それがこの展開を招いてしまった。

「これが終わったら、飯でも行こう」

「二人きりはやだな」

「はっきり言うな……。もちろん、役員全員でだ」

「可愛《かわい》い彼女に怒られたくないからね」

さて、誰のことやら。

生徒会選挙はかなり前に終わっている。だがこの臨時生徒総会が終わり萌仲も役員になったことで、あるべき形に落ち着いた気がする。

『それでは、不信任決議に移ります』

川名がそう言って、俺と片瀬山の名前を順に呼ぶ。

俺たちはステージに出て、並んで立った。

選挙管理委員会の生徒に、マイクを渡される。

「生徒会長の辻堂正近です」

マイクで話す時は、普段よりかなりゆっくり話すくらいでちょうどいい。

思ったより落ち着いている。体育館に座って並ぶ生徒の表情がはっきりと見えた。

「今週、予定を前倒しして様々な施策を実施しました。お騒がせしてしまいましたが、その効果は十分実感いただいているかと思います。もちろんアンケート結果などを参考にブラッシュアップも必要ですが、私は生徒が過ごしやすくなるような施策を用意していたつもりです」

大勢の生徒の中でも、萌仲は目立つな。金髪なんてほとんどいないし。

あるいは、俺が無意識に彼女を探しているのか。

「私が生徒会長でいる間、我々生徒がより楽しく学校生活を送れるよう、変革を進めて参ります。まだ発表できないものも多いですが、今後もぜひご期待ください」

学校という閉鎖的で、たった三年で全生徒が入れ替わるような組織は、なかなか変化が訪れない。昔からある規則や慣習が、時代にそぐわなくなっても残り続けるのだ。

中には非合理的なものもある。俺はそれが許せない。

もちろん一定の規律と、本分である勉強をおろそかにしないという前提で、俺は学校をよりよくしたいと思っている。

正義感でも、意識が高いわけでもない。俺はただ、俺がやりたいようにやるだけだ。それをするのに、生徒会長という地位は必要だ。

「よろしくお願いいたします」

スピーチを終え、一礼する。

三年生への呼びかけはしない。俺が見ているのは、残り一年以上学校に通う下級生だ。

続いて、マイクが片瀬山の手に渡る。

同じように挨拶《あいさつ》をしたあと、彼女は話しだした。

「私は去年から生徒会役員として、辻堂さんとともに活動してきました。彼の実務能力は素晴らしく、また皆さんもお分かりの通り行動力もあります。彼ほど、生徒会長に相応《ふさわ》しい人はいません」

不信任決議案を提出したはずの片瀬山の言葉に、生徒たちが困惑の表情を浮かべる。当然だ。不信任だと言った割に、生徒会長として相応しいと矛盾《むじゅん》したことを言っているのだから。

「それでも私がこの場に立っている理由は一つ。広報活動のためです」

なるほど、そっちで来たか……。俺はすぐに理解したが、ほとんどの生徒は未だ戸惑ったままだ。

「この学校の良さを、外に向けてアピールしたい。それも、私が先頭に立って。そのために、生徒会長の肩書きがほしいのです」

思わず、納得させられる。

実務能力を発揮するのに、会長でも副会長でもできることはそう変わらない。

しかし、表立って広報活動するのなら、生徒会長の肩書きは必要だ。

そしてそれには、俺よりも片瀬山のほうが適任だ。それは認めざるを得ない。

「在校生にはこの学校の生徒であることを、卒業生には母校であることを、誇りに思えるような学校にしたい。それが私の願いです。私ならそれができます」

さらっと、三年生へのアピールも忘れない。

片瀬山には華がある。美貌《びぼう》も、歌の才覚も、人気も、俺にはないものだ。

それは、こうして並んで立つとさらに顕著《けんちょ》になる。

「共に、自慢できる学校を作りませんか？」

最後に、生徒たちに向けてそう呼びかける。

奇《く》しくも、対照的な公約となった。

内部の変革を目指す俺と、対外的なアピールを目的とする片瀬山。

どちらも生徒の利益となるものだ。

あとは、皆がどちらを選択するか……。

『辻堂さん、片瀬山さん、ありがとうございました。これより、採決に移ります』

擬似的な選挙ではあるが、これは不信任決議。

選挙のような投票は行われない。

『不信任決議案に賛成……つまり辻堂さんの生徒会長辞職と、片瀬山さんの生徒会長就任への賛成が間半数を越えた場合、不信任決議案は可決されます』

先ほども説明していたように思うが、川名は改めてそう告げた。

月曜日には取り乱していた川名も、淡々と司会をしているな。やはり、彼女は優秀だ。

『それでは、賛成の方はご起立願います』

ついに、運命の瞬間が訪れた。

正直、分が悪い。片瀬山の公約を聞いて、そう思った。

俺が下に座っていたら、ここで起立していたかもしれない。

そのくらい、彼女の言葉には説得力と魅力があった。

俺は目をしっかり開いて、ばらばらと立ち上がる生徒たちを見る。

選挙とは違い賛成したかどうか一目でわかる起立という方法に、やや躊躇《ためら》っていた生徒も少しずつ腰を浮かしていく。次々と増えていく起立者に、俺の鼓動が速まる。

どのくらい賛成しているのだろう。

俺も動揺《どうよう》しているのか、数が把握《はあく》できない。

接戦のように見える。少なくとも、数えずともわかるほどの差はついていない。

やがて生徒の動きが収まり、選挙管理委員会によってカウントが開始される。

『集計が終了いたしました』

選挙管理委員長の報告を受けて、川名がマイクを握った。

『採決の結果、不信任決議案は――』

川名が大きく息を吸い込む。

『否決されました』

否決。つまり……俺が勝った。

思わず、片瀬山の顔を見る。

彼女はぽかんと口を開けて、虚空を眺めていた。やがて状況を理解したのか、切なげに俺を見返す。

『本日の議題は終了です。お疲れ様でした』

俺と片瀬山は、その合図に合わせ、慌ててお辞儀《じぎ》する。

生徒たちが退出していく音とともに、ステージの幕が閉じられていく。

幕が完全に閉じる寸前……萌仲が正面から、ステージに飛び乗ってきた。

「センパイ……！」

ダッシュで俺の胸に飛び込む。

「よかった……。ほんとに、よかった」

「萌仲、一応ここステージ上だから抱きつくのはちょっと……」

「なんでそんな冷静なの！　感動を分かち合おうよ！」

「なんでって……まだ終わってないからな」

そう、俺の目的は勝つことだけじゃない。

俺は萌仲を引き剝《は》がして、片瀬山に向かい合う。

片瀬山は力なくへたりこんでいて、呆然《ぼうぜん》と俺を見上げた。

「なによ。負けた私のことなんて放っておいてよ」

「そういうわけにはいかないいな」

「じゃあなに？　意趣返しでもするつもり？」

片瀬山は無理に毒を吐いているが、その声は弱々しい。

「いや、片瀬山に副会長の継続を打診しようと思ってな」

「できるわけないじゃない。勝手に喧嘩《けんか》を売って、無様に負けて……なのに今の役職にはみっともなく縋《すが》り付くなんて、そんな惨《みじ》めなこと、できっこない」

「知るか」

たしかに、惨めかもしれない。

でも、片瀬山に副会長をやめられるのは困る。

「会長……」

「正近くん」

司会をしていた川名と隼人も、ステージに上がってきたようだ。

心配そうに見つめる二人に、俺は任せろ、と意味を込めて力強く頷《うなず》いた。

「片瀬山が広報の強化を考えていたなんてな。俺には苦手な分野だから、助かるよ」

「馬鹿みたい。そんなの、勝つためのでまかせに決まってるじゃん」

片瀬山は顔を顰《しか》めて、露悪的に言う。

「私はただ、もっと上に行きたかっただけ。そんな自己中で迷惑な私なんて、負けて当然だよね」

「上に、ね」

「そうよ。私は自分のことしか考えてないの。心の中では友達のことも笑っていて、いつも自分がどう見られるか、そればっかり考えてた。人によく見られたい、誰が見ても充実した高校生活にしたい。そればっかり。だから生徒会長になろうと思ったの」

片瀬山は泣き叫ぶように、あるいは懺悔《ざんげ》するように、自分を責める。

「自分に自信がないんだよ。誰かに認められないと、他人より上なんだと実感できないと、私は私でいられない。自分の目標に真っ直ぐな正近には、わからないと思うけど」

たしかに、俺はその気持ちを真に理解することはできない。

意味はわかる。そう考える気持ちもわかる。だが俺は、他人の評価よりも自分がなにをしたかのほうが重要だ。

だが自分と考えが違うからといって、それを否定するつもりはない。

「……私は、正近が羨《うらや》ましかったの。人のために本気になれて、自分を犠牲《ぎせい》にしてでも他人を助けて、人から心から慕《した》われて……。私は、そんなあなたみたいになりたかった」

片瀬山が力なく項垂《うなだ》れる。

俺から見た片瀬山は、完璧《かんぺき》超人だった。

隙《すき》が一切ない、自信満々な子だと思っていた。

でも、内心ではそんな葛藤《かっとう》を抱えていたなんて……。見抜けなかった自分が恥ずかしい。

「話してくれてありがとう」

俺はステージに膝をついて、片瀬山と目線を合わせる。

「だが、くだらないな」

あえて厳しく、そう言い放った。

「くだらない？　私の悩みをそんな簡単に言い切らないで！」

「いや、簡単だよ。簡単なことに、お前は気づいていない」

認められないと不安？

人によく見られたい？

ああ、くだらない。

「そんな思い詰めなくても、お前を認めて、必要としている奴はたくさんいる」

片瀬山の肩を両手で掴《つか》んで、無理やり前を向かせた。

「俺は片瀬山が必要だ。副会長には、片瀬山以外考えられない。それはお前が、誰よりも周りを見ていて、人間関係の構築が得意だからだ。決して、人気者だからじゃない」

「……そんなの、ただ良いように見られたいからやってただけだし」

「理由がそうだったとしても、それは片瀬山が努力で身につけた能力だろ。不安にならなくても、俺はとっくにお前を認めてる」

本当にくだらない。認められていることに、片瀬山はまったく気づいていないのだから。

「俺も！　俺も、るい先輩がすごい人だって知ってます。もちろん歌も人気もすごいっすけど、憧れている理由はそこじゃない」

隼人も俺の隣に座り、片瀬山に語りかける。

「るい先輩が誰よりも努力してる人だって知ってるから、俺は憧れているんです」

「努力なんて……」

「してるっすよ。るい先輩が否定しても、俺が断言します」

部活の後輩として、同じ生徒会役員として、片瀬山を見ていた隼人の言葉だ。

それが、片瀬山に響かないわけがない。

「てか、認められるために頑張れるってすごくない？　普通、今の自分を認めてほしい～って思うよね。それか、私みたいに諦めるか」

「そうですね。評価を変えるために努力する。そのことを、自分で悪く言う必要はないと思います」

人の評価に怯《おび》え、全てを諦めてしまった萌仲。

評価されなかったことがトラウマになり、取り返そうともがいている川名。

二人もまた、片瀬山のことを認めている。

いや、生徒会役員だけじゃない。

校内に、彼女を認めている人はたくさんいるはずだ。それは片瀬山の努力の賜物《たまもの》だけれど、仮に少し素を見せたところで、離れていったりしないだろう。

みんな、片瀬山の人間性に惹《ひ》かれているからだ。

決して、取り繕《つくろ》った外見に騙《だま》されているわけじゃない。

「もう一度言う。片瀬山、副会長を続けてくれ」

「……いいの？　私、結構性格悪いよ？　かなり悪いよ？」

「そんなお前が必要なんだ」

自分をよく見せたいと思うことが、性格が悪いとは思わないしな。

それで攻撃的になるのではなく、努力して変えようというのだから……むしろプラスに働いている。

「あーあ。負けたのに続けるとか、みんなに笑われちゃうなぁ」

片瀬山がそう自嘲《じちょう》する。

「でも、全力で戦った上での結果だもん。……それに、大丈夫だよね。生徒会のみんなが認めてくれるなら」

そして、憑《つ》き物《もの》が落ちたように、自然な笑みを浮かべた。

「当たり前っす！」

「当然です」

「私も、るい先輩と一緒に働きたい！」

後輩たちが、力強く応える。

片瀬山は安心したのか、はーっと大きく息を吐いた。

立ち上がり、俺たちを順番に見る。

「迷惑かけてごめんなさい！　これからもよろしくお願いします！」

勢いよく頭を下げて、言い放った。

「それから、茉莉《まつり》ちゃん。本当にごめんね。チョコ美味《おい》しかった」

「……はい」

「酷《ひど》いことしたのに、受け入れてくれてありがとう」

この騒動で一番気を揉《も》んでいたのは川名だ。

無事丸く収まったことで、川名は感極まって口を両手で押さえる。

彼女の目からは、大粒の涙が溢《あふ》れた。ただし今回は、嬉し涙と安堵《あんど》の涙だ。

「茉莉ちゃん、私より泣いてるじゃん……」

「だって……！」

「あーもう、よしよし」

片瀬山はポケットから取り出したハンカチで、川名の目元を拭《ぬぐ》う。

自分も潤んでいるその瞳で、俺を見た。

「いい後輩を持ったね、私たち」

「そうだな」

こんなに生徒会のことを考えてくれる後輩が三人もいるなんて、俺たちは幸せ者だ。

「……と、いうことなんで。うちの大事な副会長を返してもらえますか？　葛原先輩」

ステージ袖《そで》に視線を向ける。

そこにいたのは、前生徒会長の葛原先輩だ。

「やれやれ、僕の負けみたいだね」

「おかげで、むしろ結束が深まりましたよ」

「勝てると思ったんだけどなぁ。実際、辻堂だけだったらたぶん勝ってたし」

葛原先輩が悔《くや》しそうに、萌仲と川名を見る。

「決め手は二人の説得かな。彼女たち、三年生の教室まで来て頼み込んでたんだよ。たぶん全クラス回ってるんじゃないかな。ほら、僕たち三年生って可愛《かわい》い後輩に弱いから」

葛原先輩の言葉に驚いて、俺は二人を見る。

自分のことに精一杯で、萌仲と川名が動いてくれていたなんて知らなかった。

たしかに、三年生の賛同者が想定より少なかった。

三年生であれば、片瀬山の公約のほうが魅力的に映るはずなのに。

「ふふん、私たちも頑張ったんだよ」

「……別に会長のためじゃないですし」

月曜日。俺が勝つと決めた時、萌仲に協力を頼んだ。

俺の知らないところで、絶大な働きをしてくれたらしい。

二人がいなかったら、今の状況はなかった。感謝しかないな。

「まあ、最後に楽しめたよ。僕は邪魔者みたいだし、もう行くね」

「待ってください。一つ、忘れていることがあります」

葛原先輩を引き止めて、萌仲に目配せする。

萌仲ははっとして、ポケットから折りたたまれた紙を取り出した。

すっかり後回しにしていた、試験表だ。

萌仲が生徒会庶務《しょむ》になるための試験である。

「そうだったね」

俺が手渡したボールペンで、葛原先輩は試験表に手早くサインする。

「ありがとうございます！」

「辻堂に泣かされたら僕に言ってね。僕、辻堂と敵対することには定評があるから」

「センパイに泣かされるのは嬉し涙の時だけなので」

結局、葛原先輩は俺が気に食わないだけか。

その意味では、片瀬山も被害者だな。

……片瀬山に人付き合いの上手《じょうず》な方法を教えてもらわないとダメかもしれない。

葛原先輩は一足先に、ステージから下りていった。

「はい、センパイも」

「ん、ああ」

そういえば、俺もサインしてなかった。

この臨時生徒総会が、萌仲の最後の試験だ。試験が始まった時は、こんな大それたことになると思っていなかったけど。

もはや、彼女の庶務就任に反対する人はいない。

「合格だ、萌仲」

「わーい！」

六個の枠《わく》全てが埋まった試験表を、萌仲に手渡す。

萌仲は賞状のようにそれを受け取ると、嬉しそうに頭上に掲《かか》げた。

「生徒会庶務になりました、大庭萌仲です！　みんなよろしく！」

俺は会長のまま、片瀬山を失うこともなく。

さらに、萌仲が生徒会役員の仲間になった。

EPILOGUE

エピローグ

Tameguchi
kouhaiGAL ga natuitara
sasugani
kawaisugiru

臨時生徒総会から、一ヶ月弱が経過した。

卒業式も無事に終わり、冬休みを目前とした今日は……三月十三日だ。

ホワイトデーの三月十四日も、バレンタインと同じく月曜日。

そのため、やはり前日の日曜日に、俺は萌仲《もなか》を呼び出していた。

「えー、どうしたの、センパイからデートのお誘いなんて〜」

夕方。待ち合わせ駅に到着した萌仲は、ニヤニヤしながら白々しく言った。

わかってるくせに……。

先月に比べて、気温もだいぶ上がってきた。まだ肌寒いが、真冬ほどの防寒対策はいらない。

萌仲は早くも衣替《ころもが》えをしたのか、ホットパンツのセットアップである。

寒くね……？　と思ったけど、そういえば普段から、学校では極限まで短くしたスカートだった。ギャル怖い。

「そっかそっか、センパイは私とそんなにデートしたかったんだね。私のこと大好きじゃん〜」

「うざ……」

「そんなところも可愛《かわい》いって？」

「まあな」

「えへへ」

相変わらず、表情豊かな子だ。

萌仲は自然と、俺の肘辺りに手を回してくる。腕を組むようにして、目的地へ向かい歩き出した。

「お腹空《す》いてるか？」

「うんっ！　今日まだ、なにも食べてない！」

「事前に少し食べて少食アピールするのが女のテクニックだって聞いたんだけど」

「好きな人とたくさん美味《おい》しいもの食べるのが私のテクニックだよ」

バレンタインで告白してから吹っ切れたのか、以前よりも好きという単語が頻発《ひんぱつ》するようになった。

あまりにも躊躇《ためら》わず言うから、反応に困る。

……いや、前からあまり躊躇ってはいなかったか。

「あっ、でも緊張で食べられないかも……」

「緊張？」

「うん。だって、センパイがどういう返事するのか、わかんないもん」

バレンタインの日に、萌仲の家で約束したこと。

ホワイトデー……今日、必ず告白の返事をすると。

考える時間はいくらでもあった。

なんなら初詣《はつもうで》の日から、こんな日が来ることは予想していた。

ここまで、ずっと有耶無耶《うやむや》にし続けてきたのだ。萌仲はずっと好意を伝えてくれていたのに、俺は明確な反応を返さずにいた。

冗談で返して、茶化して、聞こえないフリをして。

ずっと、萌仲の好意から逃げてきた。

最低だと思う。一方的に与えてもらえる状況に甘えて、萌仲にだけ負担を強《し》いていた。

それはもう、終わりにしたい。

「後で言うよ。必ず」

「うん。待ってる」

今日、俺と萌仲の関係は変わる。

否応《いやおう》なく、変わってしまうのだ。その返事は、もう決まっている。

「あ、でもフラレたらやばいかも。私、たぶん泣く」

「脅《おど》しか？」

「脅しだよ。ちなみに、フラれても諦めないから覚悟してフってよね！　追いかけ続けるから」

「ストーカー宣言」

「ふふん、されたくなかったら私と付き合うんだよ」

ものすごい圧をかけてくる。

斬新《ざんしん》な脅しだな……。

「まあ、俺の返事は変わらないけど」

「……うん」

萌仲が自分で言う通り、不安なのだろう。

萌仲はぎゅっと俺の腕を抱くように、力を込める。

「結構さ、クラスにも彼氏がいる子とかいるみたいなんだよね」

「高校生になると一気に増えるよな」

「うん。すごいよね。どうやって付き合ったんだろ。告白するのが、こんなに怖いことだって知らなかった。返事を待つのがこんなに苦しいなんて。みんな、これを乗り越えて付き合ってるんだよね」

「……もっと早く返事したほうがよかったか？」

「ううん、私が今日にしてほしいって頼んだんだもん。それに、怖いし苦しいけど、全然嫌じゃない」

あの日、すぐに返事をしてもよかった。きっと、同じ結論になっただろうから。

でも、萌仲は言ったのだ。

よく考えてほしいと。勢いで了承するのではなく、考えたうえで、俺の意志で応えてほしいと。

「だって、今日までの間、センパイはずっと私のことを考えてくれてたんでしょ？」

「そうだな。夜も眠れないくらい」

「私はそれが嬉しいの。センパイが本気で、私との関係を考えてくれた。仮にフラれても、それだけで私は幸せ」

強がりではなくおそらく本心から、萌仲がはにかんだ。

ただ日和見《ひよりみ》なだけなのに、随分《ずいぶん》と好意的に解釈してくれる。

萌仲は俺のどこが好きなのだろうか。

気になるけど、それを問いただすのはやめておく。

まるで、彼女の好意を疑うみたいになってしまうから。

理由を知らなくても、萌仲の気持ちは疑いようがない。そのくらい、萌仲は真っ直ぐだから。

「着いたぞ」

「お～」

俺が予約していたのは、イタリアンのレストランだった。

高級店というわけではない。だが、高校生の身分にしてはかなり背伸びをしている。

冬休みのバイト代はこれで尽きるな……。すぐ春休みだ。また稼《かせ》げばいい。

「なんかオシャレだね」

「バカっぽい感想だな……」

「しょーがないじゃん。私、あんまり良いところで外食したことないんだもん」

「まあ、俺もだけど」

せいぜい、家族で食事をする時くらいだ。それも、わざわざオシャレなレストランを選ぶのは数年に一度くらい。

だからお店も知らなくて、めちゃくちゃ検索した。なるべく雰囲気《ふんいき》がよく、静かなところを選んだつもりだ。

「早く行こっ」

萌仲が木目調の扉を開けながら、俺の手を引く。

中はやや薄暗い照明で、落ち着いた内装だった。

店員さんに案内されて、席につく。

「ほほー、へー」

萌仲がきょろきょろ店内を見回しながら、ニヤニヤする。

「……なんだよ」

「センパイ、案外ロマンチックなんだね？」

「てめえ……」

俺が怒った素振りを見せると、萌仲がきゃっきゃと逃げるように身体《からだ》を反らす。

そう言われると、恥ずかしくなってくる。カッコつけすぎたかもしれない。

「どうする？　プロポーズでもしとく？」

「プロポーズの時は夜景の見えるホテルとかにするよ」

「わお、楽しみ」

「……いや、別にそんな予定はないけど」

「予定なら私が作ってあげるよ」

気が早い。まだ高校生なのに。

前菜とドリンクが運ばれてくる。

萌仲は嬉しそうに写真を撮ったあと、フォークを持った。

「あ、いただきまーす！」

「いただきます」

萌仲はフォークを持ったまま両手を合わせて、野菜に突き刺した。

口に運ぼうとして、途中で停止する。

「……どうした？」

「すごく美味しそう」

「そうだな」

「でも、もっと美味しく食べたい」

萌仲がフォークをテーブルに置いて、上目遣いで俺を見る。

先に返事を聞きたい、ということだろう。

「……萌仲」

「はい」

不安げに揺らぐ萌仲の瞳を、真っ直ぐ見つめる。

「俺は最初、やかましい後輩ができたな、くらいにしか思ってなかった」

「ひどっ。実際そうだけど！」

「スキンシップが激しいし、勘違いさせるようなこと言うし、からかわれているのかとも思った」

「ううん、割と本気だった」

「……それでも、一緒にいるのが楽しかった。登校も、昼休みも、放課後も……デートも。萌仲といるうちに、もっと一緒に過ごしたいと願うようになった」

「私と一緒だ」

少し前まで、こんなに仲良くなると思わなかった。

ましてや、恋愛をする関係になるなんて。

萌仲はギャルで、タメ口で、生意気で。たまたま懐かれただけで、すぐに俺のことは飽《あ》きると思っていたんだ。

全然、住む世界が違うから。

でも、関わってみたらそんなことはなくて。

明るくて、繊細《せんさい》で、素直で、可愛《かわい》らしい子なのだと知った。

見た目だけじゃわからない、萌仲の良いところだ。

俺はそんな彼女を……気づいたら、好きになっていた。

「……けど、俺は萌仲を大切にできるか不安だったんだ」

特定の誰かを、恋人を、目的よりも優先する。そんな自分の姿が想像できなかった。

付き合っても、いつか萌仲をないがしろにしてしまうのではないかと。

「そっか……」

フラれると早とちりしたのか、萌仲が卓上に目線を落とす。

「でも、たぶん大丈夫だって思った。確証のないまま動くのは嫌いなんだけどな」

萌仲が再び、期待するような視線を向ける。

「俺にも、大切なものを守りたいっていう感情があることに気がついたから。みんなが、それに気づかせてくれた。それに……萌仲が、大丈夫だって言ってくれたからな」

「言ったっけ？」

「ええ……。ほら、あれだよ。俺が俺を嫌いでも好きで埋めてあげる……ってやつ」

自分で言うのめちゃくちゃ恥ずかしいな……。それを忘れられたことも……。

「ああ！　当たり前すぎて言ったこと忘れてた」

俺にとっては響いた言葉も、萌仲にとっては当然だったらしい。

「それでそれで？」

緊張がほぐれ余裕が出てきたのか、萌仲がニヤニヤと身を乗り出す。

「それで、だな……」

俺に、こんな瞬間が訪れるとは思わなかった。

おかげで、何度もシミュレーションしたのに上手《うま》く言葉が出てこない。

「生徒会でも、学校生活でも、卒業しても……萌仲とは一緒にいたい」

「うん」

「だから……」

ごくりと唾《つば》を飲み込む。

月並みな言葉だ。

普段は本心を誤魔化《ごまか》してその場しのぎの言葉を紡《つむ》ぐ俺の、精一杯。

今日だけは、萌仲のように素直な言葉で。

「萌仲が好きだ。付き合ってほしい」

ああ、萌仲はすごいな。

相手から告白されたことへの返答なのに、こんなにも怖い。

本心をそのまま口に出すのは、勇気のいることだ。

「センパイ……っ」

萌仲の瞳が潤む。

でも、涙の伝う頬《ほお》は綻《ほころ》んでいる。

「もちろんっ！　よろしくね」

最後までタメ口で、萌仲は頷《うなず》いた。

SHORTSTORY

特別書き下ろしSS
寂しがり後輩少女が懐いたら、さすがに可愛すぎる

Tameguchi
kouhaiGAL ga natuitara
sasugani
kawaisugiru

それは、卒業式が終わった数日後のことだった。

「……今日は私たちだけですね、会長」

いつも通りの放課後。

生徒会会計、川名茉莉《かわなまつり》。

一年生の彼女は、生徒会室で伸びをしながらそう言った。

俺も川名に合わせて、一息つく。

「卒業式も終わったしな。新学期に向けて準備も色々あるけど……そんな急ぐことでもない」

春になれば、入学式や部活動紹介など、生徒会行事が控えている。

とはいえ、入学式はそれほど準備を必要としないし、部活動紹介はあくまで各部活主体の行事だ。春休みに何度か集まる必要はあろうが、今日くらいはゆっくりしていて構わない。

「萌仲《もなか》さんは？」

「なんか用事あるらしい」

「そうですか……。萌仲さんがいないと、寂しいですね」

「おっと？　俺だけじゃ不満そうだな？」

「その通りです」

川名はそっぽを向いてつんとする。

なんかだ後輩が冷たい……。

「そんなこと言って、いいのか？」

「な、なにがですか？」

俺がニヤリとすると、川名が怯《おび》えたように縮こまる。

「あー、バレンタインの日はあんなこと言ってたのになぁ」

「……っ」

「なんだっけ？　生徒会のみんなが大好き？　離れるなんて嫌だ？」

「そこまでは言ってません！　捏造《ねつぞう》しないでください！」

「会長大好き？」

「それは絶対に言ってないです」

あれ？　おかしいな。俺の中ではそう変換してたんだけど。

「まあ、ここは川名の大事な居場所だし？　号泣するくらい大切な場所だし？」

「さ、最低ですね……。円満解決したからってイジるなんて」

川名が顔を真っ赤に染めながら、目を釣り上げる。

照れと怒りで、そろそろ本気で嫌われそうだ。

川名は反応が可愛《かわい》くて弄《いじ》り甲斐《がい》があるからつい……。

「でも、俺は嬉しかったよ。川名がいつの間にか、俺たちのことを大切に思っていてくれてさ」

「……勘違い甚《はなは》だしいですね。私はただ、円滑な行事運営のために言っただけです」

「そういうことにしておこうか」

あの日の彼女の涙は、一生忘れることができないと思う。

俺の不徳の致すところだ。

しばらく、後悔《こうかい》と反省が続いた。無事、解決できてよかったと心から思う。

「……会長は大事じゃなかったんですか?」

川名が震える声で、伺《うかが》うように横目で見てくる。

「まさか。俺にとっても、今のメンバーが最高だと思ってるよ」

「そうですか」

再びつんとするが、口元のニヤけを抑えられていない。

なんだこいつ、可愛いな。

萌仲は異性として可愛いけど、川名はなんというか、可愛らしい子どもを見ているような気分になる。

なんて口に出したら、本気で怒られそうだけど。

「さて、そろそろ帰ろうか」

「そう、ですね」

「ん?　なんか微妙な反応だな。まさか、もっと俺と一緒にいたかったとか?」

「おぞましいです」

気持ち悪いからランクアップした。ダウンかもしれない。

「ははは、まあ冗談──」

「でも、そうかもしれないです」

「え？」

予想外の返答に、頭が真っ白になる。

川名がデレた⁉

いや待て、早まるな。そんなわけないじゃないか。

「帰り、どこか寄りませんか？」

「えっ、お、おう。もちろん」

「今日両親が遅くて、夜ご飯がないんです。ほら前に、奢《おご》ってくれるという約束をしましたし」

言われて、思い出す。

そういえば、白旗《しらはた》を糾弾《きゅうだん》するための新聞を作った際、川名とそんな約束をした記憶がある。

そういうことね……。

つまり、川名がデレたわけではなく、ただの都合の良い財布扱いだったようだ。

「ふふっ、どうしたんですか？　そんなに動揺《どうよう》して」

確信犯（誤用）だったのか、川名がニヤニヤと俺の瞳を覗《のぞ》き込む。

「可愛い後輩のためなら、俺は財布扱いでも構わない……ッ」

先輩冥利《みょうり》に尽きるというもの。

春休みもバイトしないとな！

「財布扱いなんてしていませんよ。ただ、会長とご飯に行きたかっただけです」

「……あれ、川名ってそんなキャラだっけ？」

「まあ、会長は萌仲さんと行きたいんでしょうけど」

川名が拗《す》ねたように、唇を尖らせる。

思わず、返答に詰まる。

萌仲から告白され、俺は自分の気持ちを理解してしまっている。

ましてや、今は告白の返事を保留している状況だ。

しかし、それらの事情は誰にも話していない。川名も知らないはずだった。

だから、思いもしないそのセリフに、完全にフリーズしてしまった。

「……そんなに本気で動揺されると、私も気まずいんですけど」

「す、すまん」

「謝られるのも、ちょっと悔《くや》しいですね。まあ、私は会長に対する好意なんて微塵《みじん》もないのでいいですけど」

「ちょっとはあって？」

こう、恋愛感情じゃなくてもいいから仲良い先輩くらいのポジションにはいたいです。

いや、俺だって川名に対して特別な好意を持っているとか、そんなことはまったくないのだけれど。

「……なんかムカつくので、財布を空《から》っぽにしてやると決めました」

「してやるって」

川名らしからぬ言葉遣いだ。

しかし、川名もだいぶ態度が軟化したな。

最初はあんなに嫌そうだったのに。

少しは気を許してくれていると、思っていいのだろうか。

「そうと決まれば、行くか」

「はい」

川名は立ち上がり、そそくさとコートを着込む。

寒がりな川名は、三月になってもまだコートを着ている。

俺は暖かめなインナーこそ着ているが、ブレザーのまま外でも過ごしている。帰宅するからといって、新たに着るものはない。

「三年生がいないと、学校も少し静かですね」

生徒会室を出た川名が、しみじみと呟《つぶや》く。

ここ最近、三年生は残りの時間を惜しむように、部活などなくとも放課後に残っていることも多かった。

五時前くらいだと、まだ話し声が聞こえたものだ。

昼休みなどはさらに顕著《けんちょ》で、一学年まるっといなくなったことを実感する。

「来月になればまた新入生が入ってくるよ」

「そうですけど。それはなにか違うじゃないですか」

「まあ、わかる」

あくまで入れ替わるだけで、同じ生徒では当然ない。

川名は特段仲の良い三年生はいなかったはずだけど、それでも思うところがあるみたいだ。

「……会長も来年には、卒業してしまうんですよね」

川名がじっと、床を見つめる。背の低い彼女がそうすると、俺の視点からはひどく落ち込んでいるように見えた。

当然だ。留年や退学でもしない限り三年の月日を経て卒業する。

そして新入生に席を受け渡すのだ。

「川名が残ってほしいって言うなら留年しようかな」

「ふふっ、同じクラスになれるといいですね」

珍しく、川名が軽口で返した。

「鵠沼《くげぬま》先生に、同じクラスになるよう裏工作してもらおう」

「テストでは負けませんよ」

「どうかな。俺にとっちゃ二周目のテストだし」

もちろん同じ問題ではないだろうけど。

「そうなったらいいなって思いますけど、ありえない未来ですよね」

「……今日はどうしたんだ？」

「別に、なんとなくです」

川名が楽しそうに、頬を綻《ほころ》ばせた。

彼女が学校に、生徒会に執着心を見せてくれることは、俺にとって嬉しい。

以前話してくれた、この高校は滑り止めだったという話。いい大学に行くことだけが目標なのだという告白。それを聞いて、てっきり高校生活に重きを置いていないのだと思っていた。

だが、意外と大切に思ってくれていたらしい。

必ず終わりが来る三年間だ。

せっかくなら、楽しんでもらいたいと思う。

「ま、あと一年は俺もいるし安心してくれ」

「問題を起こして退学にならないように気をつけてください」

「生徒会長が退学になったら大問題だな……」

「会長が悪事を働いたら、しっかりと私が介錯《かいしゃく》して差し上げますよ」

「川名にならば殺されてもいい」

「こ、怖いです」

割と本心だ。一番信頼している後輩だから。

萌仲だけじゃなく、川名との時間も、俺にとって大切なものだ。もちろん、隼人《はやと》も。

俺は意外……でもなんでもないが、後輩というものが好きなのだ。

「では、まずは会長のお財布から殺すことにしましょうか」

「外堀から埋めるタイプね」

やるなら一思いにやってほしいな？

ちなみに、川名が少食すぎて全然余裕だった。

あとがき

初めての生徒会選挙でステージに立ったとき、太ももがくがく震えるくらい緊張していました。

直前までは元気だったんですよ。自分が緊張なんてするタイプだとは思っていなかったし、話す内容も完璧《かんぺき》に考えてあって、ちょっと冗談も交えて笑いでも取ろうかな、なんて考えてました。一発かましてやるか〜くらいの気持ち。

選挙とはいってもただの信任投票で、基本的に不信任にはならない。形だけの選挙です。生徒は誰も選挙に興味なんてないし、早く終わらないかなーとロクに聞いていないのはわかっていましたから。

でも、いざ壇上《だんじよう》に上がり、少し高い位置から全校生徒の列を見ると……途端に足がすくみだしました。

目は見えているのに、なにも情報が入ってこない感じ。心臓はばくばくうるさいし、喉《のど》は苦しくて、司会の声も全く聞こえません。

感じたことのなかった感情と、身体《からだ》の反応。その対処方法すら、当時の私は知りませんでした。

人をジャガイモだと思えばいい？　巨大なジャガイモが体育館に大量に並んでたら怖いだろ普通に。手に〝人〟という字を書いて食べる？　ジャガイモといい、なんで人を食べ物だと思ってるんだよ。

頭が真っ白になって、ただ原稿を読み上げるだけの機械になりました。

それでもなんとかスピーチを終えましたが、自分がなにを話したのか、全く覚えていません。

スポーツの大会でも、中学までの卒業式でも、まったく緊張していなかったのに。大勢の前で言葉を伝えるというのがこれほど怖いものだと、その時初めて知りました。

それから、副会長として一年、会長として一年間の任期の中で、幾度となくマイクを握りました。行事の開会挨拶《あいさつ》や、司会進行、朝礼など、生徒会役員にとってスピーチの機会は意外と多いのです。

後半ではだいぶ緊張にも慣れて、アドリブで冗談を言うくらいには成長できました。

緊張しないコツは、自分が天才だと思い込むことですね！

スピーチくらい余裕なのだと自分に言い聞かせ、まるでヒーローインタビューのような気持ちで臨《のぞ》むのです。

そして自己肯定感マックスのまま卒業式を迎え、答辞《とうじ》では爆笑を掻《か》っ攫《さら》う……つもりでしたが、友達しか笑ってくれませんでした。悲しい。

卒業式なんだから泣かせる方向で頑張るべきだったかもしれない……。

さて、とっくに緊張という感情を克服したと思っていたのですが、今でも震えるくらい緊張することがあります。

それは、書籍を出版する時です。

楽しんでもらえるかな、面白いと言ってもらえるかな。

読者が求めているものを書けたかな、満足してもらえるかな。

発売日が近づくと、どんどん緊張が強くなっていって、他のことに手がつかなくなります。

この緊張は、今後何冊出そうと消えそうにありません。

やれることはやったつもりでも、小説に関して、自分が天才だなんて自信を持てるはずもないですし。

でも、別に慣れなくていいかなとも思っています。

読者様はジャガイモなんかじゃ当然なくて、一人一人、実際の人間です。当たり前ですけど、そのことに緊張すると同時に、読んでくださる人がいることが心の底から嬉しいのです。

それだけでも嬉しいのに、感想を書いていただけたりすると、もう舞い上がるくらいの気持ちです。エゴサしまくるけど怖がらないでね……。

あとがきを書いている今も、緊張していますが……多くの方が関わってくれた中での出版なので、自信を持って送り出そうと思います。

かがちさく先生に、担当編集様。出版から流通、販売までに関係する全ての方々。

そして、お手にとってくださった読者の皆さん。

一人一人のおかげで、こうしてまた小説を出版することができています。

本当にありがとうございます。お楽しみいただけていたら、それ以上の喜びはありません。

緒二葉

ダッシュエックス文庫

タメ口後輩ギャルが懐いたら、さすがに可愛すぎる2

緒二葉

2024年11月30日　第1刷発行

★定価はカバーに表示してあります

発行者　瓶子吉久
発行所　株式会社　集英社
〒101−8050　東京都千代田区一ツ橋2−5−10
03(3230)6229(編集)
03(3230)6393(販売／書店専用)　03(3230)6080(読者係)
印刷所　TOPPAN株式会社
編集協力　加藤　和

ISBN978-4-08-631577-7 C0193